K.

Andrea Camilleri

Mein Ein und Alles

Roman

Aus dem Italienischen von
Annette Kopetzki

Kindler

Die Originalausgabe erschien 2013 unter dem Titel «Il tuttomio»
bei Arnoldo Mondadori Editore S.p.A., Milano.

1. Auflage Juli 2014

Satz aus der Dante PostScript bei
Pinkuin Satz und Datentechnik, Berlin
Druck und Bindung CPI books GmbH, Leck
Printed in Germany
ISBN 978 3 463 40649 7

Mein Ein und Alles

Eins

Giulio weckt sie, indem er mit den Lippen sanft über ihr Ohr streicht und flüstert:

«Ari, ciao, ich muss gehen.»

Sie hat ihn gehört, sie hat verstanden, aber antworten geht über ihre Kräfte.

Giulio denkt, sie sei nicht aufgewacht, er wiederholt:

«Ari, ciao, ich muss ...»

«Wie spät ist es denn?», fragt sie mit belegter Stimme und hält die Augen hartnäckig geschlossen.

«Halb acht.»

«Meine Güte!»

Hinter dem Schutzschild einer tiefen Dunkelheit verschanzt, wehrt sie sich noch einen Augenblick lang, zu Bewusstsein zu kommen.

Dann schlägt sie die Augen auf, hebt ein wenig den Kopf.

Die halb geöffneten Fensterblenden lassen einen Schwall unbarmherzigen Lichts eindringen.

Sie muss mehrmals blinzeln, damit das Bild des Zimmers scharf wird.

Giulio steht neben dem Bett, riecht nach Aftershave. Er ist vollständig angezogen, bereit, aus dem Haus zu gehen.

«Wie wollen wir es machen?», fragt er. «Fährst du schon

vor, oder möchtest du, dass ich dich später abhole und wir zusammen mit meinem Auto fahren?»

«Wann, denkst du denn, bist du im Büro fertig?»

«Nicht vor zehn, halb elf.»

«Na, du hast Nerven! Dann bist du ja frühestens um elf hier. Nein, das schaffen wir nicht. Es ist besser, du kommst später nach.»

«Was hast du ihm denn gesagt, um wie viel Uhr er da sein soll?»

«Um elf. Hast du Franco Bescheid gesagt?»

«Ich rufe ihn später an, gegen neun.»

«Vergisst du es auch bestimmt nicht? Sonst tauche ich da plötzlich auf, und er …»

«Mach dir keine Sorgen, er bekommt Bescheid. Ciao.»

«Ciao. Ach ja, bitte sag Elena …»

«Mach ich.»

Arianna lässt den Kopf wieder auf das Kissen sinken, zieht sich das zerknitterte Bettlaken über den Kopf und schließt die Augen.

Sie hält eine Weile den Atem an, um sich noch einmal vorzustellen, sie läge tot im Sarg des Schlafs. Doch vergebens, man hat sie unwiderruflich ins Leben zurückgerufen.

Also muss sie das tun, was die Lebenden tun.

Sie atmet tief ein, füllt die Lungen mit ihrem eigenen nächtlichen Geruch, der noch unter dem Laken steckt.

Die Nacht war heiß, sie scheint stark geschwitzt zu haben, und sie liebt ihren Schweiß.

Sie hat entdeckt, dass sie zwei Arten Schweiß besitzt, die unterschiedlich riechen.

Der Schweiß, den die Hitze hervorruft, riecht nach Eau de Cologne mit Kräutern und ist smaragdgrün, der Schweiß der Liebe riecht stark nach Moschus und ist dunkelgrün.

Sie hebt einen Arm, bis ihr die Achselhöhle an die Nase reicht, verharrt eine Weile so und atmet sich ein.

Jetzt ist sie wieder ganz und gar lebendig.

Sie hört ihr Herz stark und gleichmäßig schlagen – PUM PUM PUM –, und es hallt in ihren Ohren nach wie der Kessel einer Lokomotive.

Mehrmals krümmt und streckt sie die Zehen ihres linken Fußes.

«Hallo, Fuß, wie geht's dir?»

Mit dem rechten macht sie das Gleiche.

«Und dir?»

Jetzt fährt eine Hand am Bein hinab, um die linke Wade zu streicheln.

«Hallo, Wade.»

Als junges Mädchen hatte sie die fixe Idee, ihre Waden seien zu dick, wie bei fast allen Bäuerinnen aus ihrer Gegend, und jeden Morgen verbrachte sie gleich nach dem Aufwachen mindestens eine halbe Stunde damit, sie sich zu reiben, in der Hoffnung, dass sie dadurch schlanker würden.

Und davor hatte sie in der Furcht gelebt, ihr würden zu große Brüste wachsen. Von Großmutter unbeobachtet, umwickelte sie ihre Brust mit einem großen Küchentuch und zog es so fest, dass ihr manchmal die Luft wegblieb. Auf der Straße ging sie mit krummem Rücken, damit die Brüste weniger hervorragten.

Der Mann, der sie davon überzeugte, dass ihre Beine phantastisch und ihre Brüste von geradezu klassischer

Schönheit sind, war ihr Philosophielehrer in der zwölften Gymnasialklasse, der mit dem komischen Namen, Adelchi. Er unterbrach häufig die Nachhilfestunden und forderte sie auf, sich nackt vor den Spiegel zu stellen.

Als Elena vorsichtig an die Tür klopft, hat sie ihrem Körper bis zum Hals guten Morgen sagen können.

«Komm rein.»

«Gut geschlafen, Signora?»

Sie antwortet nicht. Bevor sie Kaffee getrunken hat, ist ihr das Sprechen praktisch unmöglich. Schon Giulio zu antworten war eine ungeheure Anstrengung.

Elena stellt das Tablett mit dem Espressotässchen auf den Nachttisch.

«Soll ich Ihnen das Fenster öffnen?»

«Nein.»

«Soll ich Ihnen ein Bad einlassen?»

«Ja.»

Kaum ist Elena draußen, fährt sie mit der Begrüßungszeremonie fort.

«Hallo, Kinn.»

Nachdem sie zuletzt auch ihre Haare begrüßt hat, richtet sie sich halb auf, rückt die zwei Kissen hinter ihrem Rücken zurecht, nimmt die Tasse mit Kaffee ohne Zucker und führt sie zum Mund.

Nach dem Kaffee zündet sie sich die erste Zigarette des Tages an.

Sie atmet langsam ein, lässt Zeit zwischen den Zügen verstreichen und behält den Rauch so lange wie möglich bei sich.

«Das Bad ist fertig, Signora.»

Sie drückt die Zigarette aus, steigt aus dem Bett, geht durch den Umkleideraum und betritt das Bad, wo alle Lampen brennen.

Sie zieht das kurze durchsichtige Nachthemd aus, betrachtet sich im Spiegel, der die halbe Wand einnimmt.

Nicht übel, wirklich nicht übel für eine, die vor vier Tagen dreiunddreißig geworden ist.

Sie spannt ihre Beinmuskeln an, indem sie ein wenig in die Knie geht, macht halbe Drehungen, beugt den Rumpf vor und zurück, aber das ist keine Gymnastik – die hat sie nie gemacht; es ist eine besondere Weise, ihren Körper einer allgemeinen Prüfung zu unterziehen.

Sie ist zufrieden, er fühlt sich geschmeidig und locker an; ein präziser Mechanismus, gut konstruiert und gut gewartet, der augenblicklich reagieren wird, wenn sie es von ihm verlangt.

Sie setzt sich auf die Toilette. All ihre Körperfunktionen nehmen den Betrieb auf und funktionieren tadellos.

Sie trällert vor sich hin.

Noch nie hat sie eine Melodie im Gedächtnis behalten können.

Dabei hat sie ganze Nächte durchgetanzt, immer wieder zu derselben Musik.

Sie kennt nur ein einziges musikalisches Motiv, hat es einmal im Radio gehört, da war sie zwölf oder etwas jünger, und hat es nie mehr vergessen. Immer wenn sie allein ist, singt sie es leise vor sich hin, es ist ihr Geheimnis, sie vermischt es zu immer neuen musikalischen Soßen, tatsächlich eignet es sich sehr gut dafür, die Worte gehen ungefähr so:

Dies irae, dies illa,
solvet saeclum in favilla …

Dann steigt sie in die Jacuzzi-Badewanne, wo sie sich mit einem seligen Seufzer ausstreckt.

Warum kann man nicht stundenlang so liegen bleiben? Mit geschlossenen Augen, während das Wasser einen von Kopf bis Fuß liebkost? Einfach nur fühlen, dass man lebt?

Wie damals mit Marcello, als er mit ihr zusammen baden wollte.

Um neun Uhr morgens waren sie in die Wanne gestiegen und erst nach zwölf Uhr mittags wieder herausgekommen.

Ihre Haut war weiß geworden und an manchen Stellen ein bisschen runzelig.

Trotzdem wären sie noch länger dringeblieben, wenn Marcello sich nicht so furchtbar erschrocken hätte.

Was für ein Trottel!

Manchmal mussten sie den Heißwasserhahn öffnen, sonst wäre ihnen kalt geworden.

Es war keine Jacuzzi-, sondern eine gewöhnliche Badewanne, aber die Zimmer in diesem Hotel in Fiesole waren mit antiken Möbeln eingerichtet, und auch die Wanne war altmodisch, also ein bisschen größer und länger als die von heute.

Dieser bescheuerte Marcello!

Beim zweiten Mal hatte sie gesagt, dass sie sich auf ihn setzen wolle, also hatte er sich lang ausgestreckt, sodass ihm das Wasser bis zur Brust reichte.

Dann, im schönsten Moment, hatte sie ihn plötzlich an den Schultern gepackt und nach unten gedrückt, bis unter die Wasseroberfläche.

Er hatte sofort versucht, wieder hochzukommen, aber das hatte sie ihm nicht erlaubt, sondern mit beiden Händen fest seine Stirn runtergedrückt.

Marcello hatte wild um sich getreten und versucht, sie abzuschütteln. Er war nicht mehr in ihr, vor Angst impotent geworden. Doch sie hatte sich noch eine Weile auf ihm hin und her bewegt.

Bis sie sich besänftigt fühlte.

Dann hatte Marcello sich endlich aus der Wanne hieven können und war rücklings auf den Boden gefallen, keuchend, heiser wie ein Blasebalg.

«Sag mal, spinnst du? Bist du jetzt völlig durchgedreht? Wolltest du mich ertränken?»

Sie geht in die Garage.

Im Umkleideraum hat sie etwas Zeit verloren. Erst hatte sie sich eine Bluse, Jeans und Sandalen angezogen, aber gleich darauf war ihr klar geworden, dass sie sich in den Jeans unwohl fühlen würde, es war viel zu heiß. Schließlich hat sie sich für eine Art Tunika entschieden, hellblau, ganz leicht.

Giulio hat den Volvo genommen und ihr den Mercedes und den kleinen Toyota gelassen.

Arianna steigt in den Toyota, wirft die Strandtasche und den Plastikbeutel mit Mineralwasser und den von Elena zubereiteten Brötchen auf den Rücksitz, schiebt sich die Sonnenbrille auf die Nase, lässt den Motor an und fährt los.

Einmal haben sie die Dummheit begangen, für die Fahrt nach Canneto den Mercedes Cabrio zu nehmen, einen superschicken Wagen in Silber metallic.

Als sie bei Sonnenuntergang zurückfahren wollten, mussten sie entdecken, dass irgendwelche Idioten durch ein Fenster gepinkelt hatten, das einen Spaltbreit offen stand, damit Luft hereinkam.

Canneto ist ein abgelegener Streifen Strand, hauptsächlich von Halbstarken und jungen Strichern bevölkert, die sich selbst zu parodieren scheinen.

Als sie das erste Mal hier waren, im letzten Jahr, konnte sich Giulio sofort mit Franco auf einen Preis einigen. Den Besitzer des kleinen Strandbads erkennt man schon an der Art, wie er sich bewegt, auf den ersten Blick als Knastbruder. Und er musste gleich darauf Order gegeben haben, dass niemand sich dem Paar nähern durfte, sonst würde es Ärger geben.

Tatsächlich legten die vier jungen Zuchtbullen, die am Strand rumlungerten, sich dann nur noch in sicherem Abstand in die Sonne und wagten nicht einmal mehr, zu ihnen hinüberzusehen.

Arianna fing an, einen Krimi zu lesen. Neben ihr schlug Giulio die Zeitung auf.

Doch von Zeit zu Zeit hob sie den Blick und beobachtete die vier unauffällig.

Irgendwann stand einer auf und forderte seinen Freund zum Kampf heraus. Erst war es ein Spiel, weil sie hofften, ihre Aufmerksamkeit zu erregen und sich vor ihr zur Schau stellen zu können.

Nach etwa zehn Minuten glänzten die ineinander verschlungenen Körper vor Schweiß, entglitten dem Griff des anderen wie keuchende Aale, lebende Gladiatoren-Skulpturen, und der anfänglich spielerische Kampf verwandelte sich rasch in etwas Ernstes. Jetzt lachten sie nicht mehr, Winseln, Stöhnen, Jammern kam von ihren Lippen, wütende Hände drückten das sonnengebräunte Fleisch des Gegners so fest, dass ein weißer Abdruck wie ein Riss, eine Abschürfung, zurückblieb.

Und immer wenn zwischen den beiden Körpern genügend Abstand war, verpassten sie einander heftige Kopfstöße wie Stiere.

Sie fielen in den Sand und standen wieder auf, oder sie rollten zusammen über den Strand, verschmolzen in einer Umarmung, die zeitweilig wie ein brutaler Sexualakt aussah.

Die anderen beiden gaben das Publikum, das sie anfeuerte und pausenlos mit heiseren Schreien gegeneinander aufhetzte.

Plötzlich war einem die Badehose heruntergerutscht und hatte sein geschwollenes, erigiertes Glied entblößt, doch er hatte es nicht mal gemerkt und weitergekämpft.

Seinem Gegner war es jedoch nicht entgangen, er hatte die Hoden des anderen mit einer Hand umfasst und zusammengepresst.

Da hatte Arianna den Blick abgewandt und die Augen geschlossen, um ihren Atem zu kontrollieren; sie hechelte.

Giulio, der neben ihr lag, war eingeschlafen.

Schon beim zweiten Besuch in Canneto hatte sie bemerkt, dass unter den Jungen am Strand, sobald sie erschien, Raufereien, Wettkämpfe, Gefechte aufflammten.

Sie spielten eine Art Volleyball, bis sie erschöpft auf den Sand fielen, oder lieferten sich wilde Kämpfe mit Wasserbomben.

Um sich in Szene zu setzen, um aufzufallen.

Natürlich wussten die Jungen, warum Giulio und sie dort waren.

Vielleicht ging es früher auf dem Sklavenmarkt so zu.

Man ließ sie kämpfen, laufen, springen, und dann kaufte man die Kräftigsten, die Muskulösesten.

Nun, es ist nicht gesagt, dass die Muskulösesten …

Sie lächelt.

Als sie Angelo zum ersten Mal sah, kam sie gerade aus dem Wasser und war vor Überraschung buchstäblich gelähmt, ihr stockte der Atem. Es war wie ein Faustschlag mitten auf die Brust. Am Ufer stand ein fünfundzwanzigjähriger Mann von unwirklicher Schönheit, groß, blond, er hatte sogar eine griechische Nase.

Und diese Muskeln, die sich unter seiner Haut bewegten wie Schlangen. Eine anatomische Lehrtafel, wunderbarerweise zum Leben erwacht.

Sie setzte sich auf ihre Liege. Auch Giulio betrachtete ihn wie hypnotisiert.

Auf Bitten seiner Freunde begann der junge Mann, sich in klassischen Bodybuilder-Posen darzubieten.

Arianna, die die Bewegungen hingerissen verfolgte, fühlte sich innerlich aufgewühlt.

«Bravo!», hatte Giulio zum Schluss gerufen.

Sie hatte applaudiert.

Der Junge hatte sich mit einer Verbeugung bedankt und war langsam auf sie zugegangen.

«Setzen Sie sich hierhin», hatte Giulio gesagt, auf seine Liege zeigend.

Doch der Junge hatte es vorgezogen, sich auf dem Sand niederzulassen.

«Ich heiße Angelo.»

Als er sich dann in der Umkleidekabine den Slip auszog – schöne Bescherung!

Er hatte ein Dingelchen, das eher wie eine Erbse aussah, ein niedlicher Knopf, kaum zu erkennen zwischen den Muskelmassen drum herum.

Arianna wurde von einem so unbezwinglichen Lachanfall gepackt, dass sie sich nicht mehr zusammenreißen konnte.

Sie ist in Gedanken versunken, hat gar nicht bemerkt, dass sie zu schnell fährt und dass die Abzweigung nach Canneto nur noch wenige Meter entfernt ist.

Sie reißt das Steuer herum, ohne abzubremsen.

Aus dem Auto hinter ihr ertönt ein wütendes Hupen. Die Reifen quietschen laut, bleiben aber am Boden haften, biegen in die Abzweigung ein.

Plötzlich schlägt etwas mit großer Wucht gegen die Windschutzscheibe.

Ein Stein, denkt sie.

Und tritt abrupt auf die Bremse. Zum Glück ist kein Wagen hinter ihr.

Ihre Brust schmerzt vom Ruck des Sicherheitsgurts, sie löst ihn, schiebt eine Hand in ihren Ausschnitt und massiert sich sanft den Busen.

Nein, es war kein Stein, sonst wäre die Windschutzscheibe zersplittert.

Auf dem Glas sind rote Flecken.

Sie öffnet die Fahrertür, steigt aus.

Es war ein großer schwarzer Vogel, ein Rabe, eine Krähe – was weiß sie schon? –, der nun am Straßenrand verendet.

Warum ist er so tief geflogen? Vielleicht hat er ein Beutetier verfolgt und Pech gehabt, weil er ihr Auto zu spät bemerkt hat.

Arianna hockt sich vor ihn hin, betrachtet ihn.

Der Vogel liegt auf der Seite, mehrmals öffnet und schließt er den blutverschmierten Schnabel, als wollte er etwas sagen. Sicher sind Flügel und Beine gebrochen, er atmet mühsam, die Federn auf der Brust bewegen sich unablässig.

Leiden Tiere wie Menschen?

Und sterben sie auch so?

Sie würde ihn gerne sterben sehen, doch vielleicht wird der Todeskampf des Vogels noch eine ganze Weile dauern, und dann würde sie zu viel Zeit verlieren.

Ihr kommt eine Idee.

Sie steht auf, verschiebt den Körper des Vogels vorsichtig mit einem Fuß, bis er vor dem Auto liegt.

Dann steigt sie ein, fährt gut zehn Meter im Rückwärtsgang, hält und fährt langsam wieder los.

Kurze Zeit später schaut sie in den Rückspiegel.

Jetzt ist da nur noch ein großer rotschwarzer Fleck auf dem Asphalt.

Zwei

Arianna parkt ein, es ist noch früh, erst 9 Uhr 40 am Morgen des 14. Juni, aber die Hitze ist schon mörderisch. Auf dem als Parkplatz dienenden kahlen Feld gibt es freie Plätze nach Belieben, gerade mal zwei Autos und drei Mofas stehen hier und heizen sich langsam in der Sonne auf.

Außerdem ist Donnerstag, die Invasion der Barbaren beginnt gewöhnlich freitags und erreicht ihren Höhepunkt am Sonntagmorgen.

Sie nimmt die Strandtasche und die Plastiktüte vom Rücksitz, steigt aus, schließt das Auto ab, geht unter dem Metallschild in Hufeisenform hindurch, das die unpassende Aufschrift «Lido dei Pini» trägt – einen Baum, egal welcher Art, findet man hier kilometerweit nicht. Sie betritt das Strandbad.

Franco sitzt an der Kasse, lächelt sie an.

«Willkommen, Signora. Ihr Mann hat schon angerufen. Warum heute so allein?»

Es ist das erste Mal, bisher ist sie immer mit Giulio gekommen.

«Er kommt später nach.»

«Die 6, wie immer», sagt Franco und reicht ihr den Schlüssel.

Es ist die letzte Kabine der einzigen Reihe.

«Danke.»

«Möchten Sie sofort eine Liege?»

«Ja.»

«Drinnen oder draußen?»

«Drinnen.»

«Ich bringe sie Ihnen sofort.»

Am Strand hat man das Gefühl, vor der offenen Klappe eines glühenden Ofens zu stehen.

Im Dunst, den die Hitze erzeugt, verschwimmen Meer und Himmel am Horizont.

Direkt vor der Wasserlinie sind die einzigen vier Sonnenschirme, über die das Strandbad verfügt, schon geöffnet, die Liegen ausgeklappt, aber es dürften nicht mehr als fünf Badegäste da sein. Die ihre Ankunft nicht einmal bemerken.

Besser so.

Ein Junge mit einem kleinen Rucksack auf dem Rücken, ein hübscher Bursche mit Lockenkopf, siebzehn, braungebrannt, schließt gerade die Tür von Kabine 5 auf, direkt neben ihrer.

Genau in dem Moment, als der Junge die Kabine betritt und die Tür schließt, geht sie an ihm vorbei.

Arianna lässt ihre Tür offen stehen. Im Inneren der Kabine, die eher tief ist als breit, herrscht Dämmerlicht, und die Luft ist schon jetzt glühend heiß. Kein einziger Stuhl, nicht mal ein Hocker. Nur vier Kleiderhaken aus Holz, an die Wand genagelt.

Neben der Tür hängt ein kleiner Spiegel mit rosa Plastikrahmen an einem Nagel. Den hat jemand vergessen, der die Kabine nach dem Donnerstag letzter Woche benutzt hat, als sie mit Giulio hier war.

Sie möchte sich ausziehen, aber das geht nicht, sie muss auf Franco warten.

In den Türrahmen gelehnt, betrachtet sie das Meer.

Es ist so glatt, dass fast keine Wellen zu sehen sind.

Das Wasser macht bestimmt ganz schwach.

Meine Güte, wie lange braucht der Junge in der Kabine nebenan eigentlich, um sich auszuziehen und in Badehose zu erscheinen?

Endlich kommt Franco, klappt die Liege auf, wünscht einen schönen Badetag und geht wieder.

Arianna schließt die Tür, ohne den Schlüssel umzudrehen, zieht sich eilig aus. Sie ist nackt.

Sie legt das Ohr an die Wand aus Rigips, die ihre Kabine von der daneben trennt, und lauscht. Kein Geräusch.

Was macht er bloß? Sie muss lächeln.

Sie bückt sich ein wenig, späht durch das unvermeidliche Loch.

Der Junge ist noch völlig bekleidet, er hat nur den Rucksack abgelegt, über der Brust mit spärlichen blonden Härchen ist sein Hemd geöffnet, er steht mit dem Rücken an die Kabinenwand gelehnt, hat den Lockenkopf gesenkt und betrachtet seine blauen Leinenschuhe.

Arianna verschiebt die Liege, die Franco mit dem Fußende zur Tür gestellt hat, sodass sie im rechten Winkel zu den beiden Seitenwänden steht. Sie passt knapp dazwischen.

Sie holt den Badeanzug, das Strandtuch, ein Päckchen Zigaretten und das Feuerzeug aus der Tasche.

Immer noch nackt, legt sie sich auf die Liege, zündet sich eine Zigarette an und raucht.

Die Wand vor ihr ist die mit dem Loch.

Sie spreizt die Beine, bis ihre Füße zu beiden Seiten der Liege den Boden berühren.

Auf der Uhr sind es noch fünf Minuten bis zehn.

Giulio kommt sicher nicht vor elf.

Jetzt spürt sie den Blick des Jungen. Er wandert über ihren Körper wie ein Laserstrahl.

Sie raucht die Zigarette in Ruhe zu Ende, wirft sie auf den Zementboden und drückt sie aus.

Mehrmals krümmt sie den Zeigefinger, ein Zeichen für den Jungen, zu ihr zu kommen.

Wenige Sekunden später fällt einen Augenblick lang grelles Sonnenlicht in die Kabine, dann wird es wieder dämmrig.

Der Junge ist eingetreten.

«Schließ die Tür ab», sagt sie.

Der Junge gehorcht, bleibt aber an der Tür stehen.

«Nun?»

«Ich weiß nicht, ob …»

Sie stützt sich auf einen Ellenbogen, richtet sich ein wenig auf, sieht ihn überrascht an.

Er trägt dieselbe schwarze Badehose wie beim letzten Mal.

Außerdem macht er einen niedlichen Schmollmund. Seine Lippen sind rot und fleischig, sie wirken wie aufgespritzt.

«Was hast du?»

«Ich glaube, es wäre nicht so gut.»

«Was bedeutet das, es wäre nicht so gut?»

Er antwortet nicht.

Starrt vor sich hin, vermeidet es, Blicke auf Ariannas nackten Körper zu werfen.

Sie verlangt eine Erklärung, alles hat sie erwartet, nur nicht dieses zögerliche Verhalten, im Gegenteil, eigentlich war sie auf einen Überfall gefasst, stürmisch und brutal. Und womöglich zu kurz. Das übliche Strohfeuer dieser Jungen.

«Hör mal, du selbst hast mir am vergangenen Donnerstag gesagt, dass du mich vor dem letzten Mal allein haben möchtest. Stimmt doch, oder?»

«Ja.»

«Und ich habe dir deinen Wunsch erfüllt, wie du siehst.»

«Ja, aber …»

«Gestern Abend habe ich dich heimlich angerufen, um dir zu sagen, dass wir uns heute Vormittag ein Stündchen zu zweit sehen können. Ich bin gekommen, du bist gekommen, also, was ist jetzt los mit dir?»

«Dieser Mann, dein Mann, bei dem krieg ich …»

«Was kriegst du? Mitleid, Ekel?»

«Nein, Angst.»

Arianna bricht in schallendes Gelächter aus.

«Ach, komm schon, Mario. Giulio soll jemandem Angst machen? Der ist doch harmloser als ein Lamm. Schade, dass ich das nicht weitererzählen darf! Die Leute würden sich totlachen!»

Er schmollt noch immer.

«Los, komm her.»

Sie setzt sich aufrecht auf die Liege. Mario macht unwillig ein paar Schritte, setzt sich neben sie.

«Willst du eine Zigarette?»

«Ja.»

Sie holt eine aus dem Päckchen, steckt sie sich in den Mund, zündet sie an, zieht einmal und reicht sie ihm.

Während Mario raucht, legt sie ihm einen Arm um die Taille und zieht ihn ein Stückchen zu sich heran.

Er leistet keinen Widerstand.

Arianna überlegt, warum sie eingewilligt hat, als Mario ihr seine Bitte ins Ohr flüsterte, während Giulio gerade zu seiner Brieftasche griff.

Nicht dass der Junge besonders gut gewesen wäre, aber Arianna hat geahnt, dass er sich absichtlich gebremst, sein eigentliches Wesen verborgen hatte.

Hat sie aus Neugierde eingewilligt?

Oder war es der Geruch, den er auf ihrem Körper zurückgelassen hat?

Arianna beugt sich vor, legt eine Wange auf seine Brust.

Unglaublich, wie gut er riecht!

Wie Brot, das gerade aus dem Ofen kommt.

Der gleiche Geruch wie damals, als sie ein kleines Mädchen war und Großmutter ihr den eigens für sie gebackenen kleinen Brotlaib in die Hände legte, und obwohl sie sich verbrannte, hielt sie ihn mit bloßen Händen, nur damit dieser Duft hinterher noch lange an ihrer Haut haften blieb.

Sie kann nicht widerstehen, streckt die Zungenspitze heraus, leckt an seiner Brust.

Dann zwingt sie ihn, sich flach auf die Liege zu legen, indem sie ihn mit einer Hand nach hinten drückt.

Jetzt fährt sie mit der Zunge gierig über seinen ganzen Körper.

Mario wirft die Zigarette weg, überlässt sich ihr widerstandslos.

Sie würde ihn furchtbar gern beißen, sie hat sein duftendes, festes Fleisch schon probiert, aber jetzt darf sie das nicht, sie fürchtet, Spuren zu hinterlassen.

Die Giulio später bemerken könnte.

Sie zieht seine Badehose aus, er lässt es zu, in einer Mischung aus Gleichgültigkeit und Resignation.

Schließlich rutscht Mario unter ihr hervor, steht auf, nimmt das Päckchen Zigaretten und zündet sich eine an.

«Willst du mich allein wiedersehen?», fragt Arianna.

«Ich würde gerne, aber …»

«Aber?»

«Du weißt, dass ich dich nicht wiedersehen darf, weder allein noch mit ihm. Dein Mann hat es klar und deutlich gesagt. Zweimal, mehr nicht, das ist die Regel.»

«Ja gut, aber die Regel kann man umgehen.»

«Wie denn?»

«Wie wir es heute gemacht haben.»

Mario überlegt. Setzt die Schmollmiene auf.

«Und wenn du dann mit mir zusammen warst, kommt der Nächste dran?»

Sie wundert sich.

«Du bist doch nicht etwa eifersüchtig?»

«Nein.»

«Also, abgemacht?»

«Abgemacht.»

Arianna lächelt. Jetzt muss sie anfangen, die Rolle zu spielen, die sie sich zurechtgelegt hat. Sie verzieht den Mund.

«Aber du musst mir etwas versprechen.»

«Was?»

«Wenn du so viel Lust hast wie heute, lassen wir es lieber sein.»

Mit einem Bein schon im Slip, hält er inne.

«Lust hatte ich schon, aber auch Angst. Die ist mir zum Glück dann vergangen.»

«Vergangen?», fragt sie ironisch.

Und fängt an, lauthals zu lachen, wirft den Kopf zurück, hört gar nicht mehr auf, um ihn provozieren.

«Was gibt's da zu lachen?»

«Vergangen!», prustet Arianna. «Mach dich nicht lächerlich!»

Der Flunsch ist verschwunden, jetzt bohrt er sich die Zähne in die Unterlippe, in seine Augen tritt ein trübes Licht.

«Pass auf, wenn du nicht aufhörst zu lachen, setzt es Schläge.»

«Woher willst du wohl die Kraft nehmen, mich zu schlagen?»

Arianna krümmt sich immer noch vor Lachen. Außer Atem, spricht sie stoßweise.

«Wann ist dir die Angst denn vergangen, du Held? Na los, sag's mir, kleiner Scheißer! Du warst doch dermaßen panisch, während ich dich gevögelt habe, dass er dir fast nicht ...»

Mario stößt eine Art Knurren aus.

Macht einen Sprung auf sie zu, reißt sie von der Liege, packt sie an den Hüften und hebt sie hoch.

Sieh mal an, was für verborgene Kräfte der Kleine hat!

Sie setzt sich auf ihn, an seinen Oberkörper geklammert, die Beine hinter seinem Rücken verschränkt.

Es sind wenige Sekunden von unerhörter Heftigkeit, die Arianna wie ein Erdbeben erschüttern.

Das Echo ihres langen, befreienden Schreis hallt noch in der Kabine wider, als Mario ihren schlaffen Körper auf die Liege wirft.

Stumm zieht er seine Badehose an, geht weg ohne ein Wort.

Sie hat richtig geraten: Wenn dieser Junge ordentlich gereizt wird, reagiert er so, wie es ihr gefällt.

Sie wartet, bis ihr Atem sich langsam wieder beruhigt, beschnuppert die Schweißtropfen auf ihren Armen, die nach Moschus riechen, leckt einen nach dem anderen auf.

Ihr fehlt die Kraft zum Aufstehen, eine große Mattigkeit überfällt sie in Wellen.

Schließlich kann sie sich erheben. Sie zieht den Bikini an, nimmt das Handy, klappt die Liege zusammen, hält sie unter der Achsel fest, während sie die Kabinentür aufmacht, und geht zum Strand hinaus.

Der Sonnenschirm kann sie nicht vor der Sonne schützen, er ist wie ein zerschlissener Regenschirm, durch den es durchsickert.

Mario ist nirgends zu sehen, auch im Wasser nicht.

Viertel nach elf. Sie wählt Giulios Nummer.

«Nun?»

«Ich bin vor zehn Minuten fertig geworden. In einer halben Stunde bin ich da.»

Sie steht auf. Die Armbanduhr und das Handy lässt sie auf der Liege zurück, niemand wird wagen, ihre Sachen anzurühren, alle wissen, dass sie unter Francos persönlichem Schutz stehen. Sie geht ins Wasser, das ekelhaft warm ist. Weiter draußen ist es vielleicht ein bisschen frischer.

Arianna ist eine gute Schwimmerin, ihre Züge haben einen konstanten, harmonischen Rhythmus, auf diese Weise kann sie lange schwimmen, ohne müde zu werden.

Plötzlich spürt sie eine kalte Strömung. Sie hält inne, dreht den Kopf, um zum Strand zurückzublicken. Ja, sie ist weit genug hinausgeschwommen.

Sie legt sich auf den Rücken und lässt sich von der Strömung treiben, hält die Augen geschlossen, weil das Licht blendet.

Aber die Sonne ist hier angenehm wie eine Liebkosung auf der Haut.

Toter Mann heißt es, wenn man sich so reglos treiben lässt.

Wäre man aber wirklich tot, also eine Leiche, würde das Wasser einen dann noch besser in der Schwebe halten oder sinken lassen?

Sie hält den Atem an, um es auszuprobieren. Nein, es bleibt sich gleich.

Tot oder lebendig, das Meer macht da keinen Unterschied. Also kann man ebenso gut einen schönen tiefen Atemzug nehmen.

Sie lässt sich noch eine Weile so treiben, dann schwimmt sie zum Ufer zurück.

Als sie merkt, dass sie mit den Füßen den Grund berühren kann, stellt sie sich hin, ja, das Wasser reicht ihr bis zum Hals.

Giulio ist noch immer nicht zu sehen.

Am Strand sind nur drei Menschen. Zwei Mädchen und ein Junge, nicht Mario.

Sie bleibt im Wasser, das auf dieser Höhe zwar eine einzige Brühe ist, aber immer noch besser, als unterm Sonnenschirm geröstet zu werden.

Plötzlich gerät sie ins Schwanken, fuchtelt mit den Armen, droht umzufallen, ist so überrascht, dass sie nicht einmal schreien kann. Unter Wasser reißen zwei kräftige Hände ihr die Beine auseinander, etwas drängt gewaltsam zwischen ihre Schenkel, ein Kuss-Biss verletzt ihr Geschlecht.

Ein Augenblick, schon ist es vorbei.

Sie versucht, auf den Grund zu blicken, kann nichts erkennen.

Gleich darauf sieht sie, wie wenige Meter von ihr entfernt jemand aus dem Wasser auftaucht.

Mario, dieser Idiot, hat sich einen Scherz mit ihr erlaubt. Wo ist er so plötzlich hergekommen?

Doch nein, es ist nicht Mario.

Es ist ... wie hieß der noch gleich? Ach ja, Carlo.

Der Erste, den sie in diesem Jahr gehabt hat, Ende April. Er hat keinen guten Eindruck bei ihr hinterlassen.

Im Gegenteil.

Arianna fühlt, wie der Zorn in ihr aufsteigt. Dieser Arsch macht einen Fehler, er verstößt gegen die Regeln.

Und dafür gibt es keine Entschuldigung.

Denn beim zweiten und letzten Mal bekommen die Jungs von Giulio ihren mehr als fürstlichen Lohn und den Befehl, sich die ganze Saison über, also bis Mitte Oktober, nicht mehr in Canneto blicken zu lassen. Bis heute, bis zu diesem Moment haben sich alle daran gehalten.

Auch weil sie Respekt vor Franco haben.

Carlo sieht sie mit einem herausfordernden Lächeln an.

«Ciao, Bella!»

Sie antwortet nicht, steigt ruhig aus dem Wasser und geht auf das Badewärterhäuschen zu. Franco sieht sie ankommen und läuft ihr entgegen.

«Wünschen Sie etwas, Signora?»

«Man hat mich belästigt.»

«Wer war das?»

«Der dort hinten.»

Sie bleibt stehen, um Franco zu beobachten, der von der Wasserlinie aus Carlo zuruft, er solle zu ihm kommen. Als Carlo neben ihm steht, legt Franco eine Hand auf seine Schulter, und während er ihn zum Häuschen führt, spricht er leise mit ihm, lächelt ihm immer wieder zu wie einem guten Freund.

Sie tritt beiseite, damit die beiden an ihr vorbeigehen können.

Drei

Doch kaum sind sie im Häuschen, dreht Franco sich um und versetzt Carlo einen gewaltigen Hieb in den Unterbauch, sodass er vor Schmerz schreiend zu Boden fällt. Gleich darauf trifft ihn ein zweiter Schlag auf den Mund, lässt seine Lippen aufplatzen.

Mit Tritten in den Rücken wird Carlo, der eine dünne Blutspur hinter sich lässt, auf der Parkplatzseite aus dem Strandbad geworfen.

Arianna stellt sich mit nackten Füßen auf das Blut, verwischt es im Sand.

Sie spürt kalte Schauer über ihren Rücken laufen und eine starke Wärme im Unterleib.

Franco kommt wieder herein, reibt sich die Hände an der Hose.

«Seien Sie unbesorgt, Signora, den werden Sie hier nicht mehr sehen. Darf ich Sie um einen Gefallen bitten?»

Arianna nickt.

«Sagen Sie Ihrem Mann nichts von Carlo. Der Dreckskerl ist wahrscheinlich vom freien Strand aus durchs Wasser gekommen.»

Ganz offensichtlich fürchtet Franco, das viele Geld zu verlieren, das Giulio ihm zahlt, damit alles ohne Zwischenfälle läuft.

«Einverstanden», bringt Arianna mit Mühe heraus.

Um den Aufruhr in ihrem Inneren zu besänftigen, geht sie noch einmal schwimmen.

«Hast du Hunger?»

«Nein», antwortet Giulio. «Du?»

«Ich auch nicht.»

Giulio trägt kurze Hosen und Mokassins, die er sich maßschneidern lässt. Sie sind unglaublich weich, wie aus Menschenhaut gemacht, und sitzen besser als ein Handschuh. Manchmal bückt sich Arianna, um sie zu streicheln.

Giulio geht nie ins Wasser, er begnügt sich mit Sonnenbädern.

«Und Mario?», fragt er.

«Er ist gegen elf gekommen, ich habe ihn eine Zeitlang am Ufer hin und her spazieren sehen, dann ist er verschwunden.»

Sie schweigen, dann sagt sie leise, mit gesenktem Kopf auf den Sand starrend:

«Heute Morgen habe ich etwas Schreckliches getan.»

«Was hast du gesagt?»

Sie hat vergessen, dass er auf dem rechten Ohr schlecht hört.

Die einzige Alterserscheinung. Ansonsten sieht man ihm seine sechzig Jahre nicht an.

«Heute Morgen habe ich etwas Schreckliches getan.»

Giulio setzt eine priesterliche Miene auf.

«Beichte deine Sünden, meine Tochter.»

«Das ist nicht lustig, ich habe etwas wirklich Böses getan.»

Giulio wird ernst.

«Etwas, was mich wütend machen wird?»

«Es hat nichts mit dir zu tun.»

«Auch indirekt nicht?»

«Nein.»

Erleichtert kehrt Giulio zum priesterlichen Gebaren zurück.

«Worin hast du gesündigt, meine Tochter?»

Arianna erzählt ihm in einem einzigen Atemzug von dem angefahrenen Vogel und wie sie ihn getötet hat, indem sie extra noch mal drübergefahren ist.

Giulio lächelt.

«Ist das alles?»

«Reicht dir das nicht?»

«Du schätzt deine eigenen Handlungen oft völlig falsch ein.»

«Inwiefern?»

«Weil es keine grausame Tat war, wie du glaubst.»

«Was war es dann?»

«Genau das Gegenteil.»

«Verstehe ich nicht.»

«Du hast unbewusst Mitleid geübt. Du wolltest nur seinen Todeskampf abkürzen. Hör zu, ich erzähle dir eine wahre Geschichte. Während des Ersten Weltkriegs, 14–18, befand sich ein deutscher Arzt mit einem Dutzend sterbender Soldaten in einer Höhle. Er hatte nichts bei sich, was ihre Qualen lindern konnte, nur eine Menge Morphium. Das hat er ihnen in hohen Dosen injiziert und ihnen damit einen schnellen Tod verschafft. Würdest du diesen Arzt einen Massenmörder nennen?»

Was Giulio alles weiß!

Arianna dreht sich abrupt zu ihrem Mann um und küsst ihn auf den Mund.

Er hat sie von einer großen Last befreit.

Wie sehr sie ihn liebt! Und wie gut er sie versteht!

Er ist so anders als dieser Dummkopf Vanni.

Zum Beispiel das eine Mal, wann war das, ach ja, vor drei Jahren im Winter, als Giulio und sie in einem Tanzlokal diesen Typen aufgegabelt hatten, Ernesto hieß er, zwanzig Jahre alt, arbeitete als Elektriker, schien in Ordnung zu sein, aber von wegen …

Sie waren in die Wohnung gegangen, die Giulio dafür gekauft hatte, übrigens muss sie dort unbedingt mal wieder nach dem Rechten sehen, als sie im April zum letzten Mal da waren, tropfte der Wasserhahn im Bad, womöglich findet sie eine Überschwemmung vor, woran hatte sie gerade gedacht? Ach ja. Sie waren also in die Wohnung gegangen und waren mit allem fertig, da sagt dieser Ernesto, statt sich anzuziehen, er will es noch mal machen, aber von hinten. Das sagt er zu Giulio statt zu ihr.

Arianna wird wütend.

Und was stellt sie bei diesem Spiel dar? Bloß ein beliebiges Loch?

Außerdem ist es zwei Uhr nachts, und sie ist müde. Sie bittet Giulio, ihm sein Geld zu geben und ihn rauszuwerfen.

Statt zu gehorchen, stürzt der Scheißkerl sich auf sie, steckt ihr seine Zunge in den Mund und versucht, sie auf den Bauch zu drehen.

Arianna sieht rot. Auf dem Nachttisch liegt in Reichweite die Pistole, die Giulio immer mitnimmt, wenn sie zu einem Treffen gehen. Er hat sie aus seiner Tasche genommen und dort abgelegt, weil sie ihn gestört hat.

Arianna ergreift sie am Lauf und schlägt den Griff mit aller Kraft gegen Ernestos Kopf.

Sofort schießt das Blut hervor, schlimmer, als wenn man ein Schwein absticht, das Laken färbt sich binnen weniger Sekunden tiefrot.

Er fängt so gellend an zu schreien, dass sie fast taub wird, ist zu Tode erschrocken, weil sein Blut ihm über die Augen läuft und er nichts mehr sehen kann.

Arianna versetzt ihm einen weiteren Schlag gegen die Zähne.

Der Wichser hört auf zu schreien, jetzt bedeckt er seinen Mund mit der Hand.

Sie schlägt ihm noch mal auf den Kopf, er fällt halb bewusstlos aufs Bett.

Da springt Arianna auf, nimmt ein Kissen, drückt es auf sein Gesicht und setzt sich drauf.

Endlich befreit sich Giulio aus der Erstarrung, die ihn bis jetzt gelähmt hat.

«Pass auf, du erstickst ihn.»

Sie antwortet nicht. Sitzt schwer auf dem Kopf des Scheißkerls.

Sie beobachtet seine Beine, die immer langsamer zappeln und schließlich aufs Bett fallen, wo sie kaum mehr zucken.

«Das reicht», sagt Giulio.

Er zieht sie an einem Arm hoch. Sie lässt ihn gewähren. Er hebt das Kissen an. Das Arschloch lebt noch.

«Geh dich waschen, zieh dich an und fahr sofort nach Hause», sagt Giulio. «Ich kümmere mich um alles.»

Arianna nimmt ihre Kleider, die Unterwäsche, Strümpfe, Schuhe, geht ins Bad und betrachtet sich im Spiegel.

Sie ist überall rot von Blut, im Gesicht, auf den Armen, auf der Brust, am Bauch.

Sie wäscht nur Arme und Gesicht, zieht sich an, fährt nach Hause zurück.

Als sie ankommt, rennt sie rein, um sich umzuziehen.

Sogar ihre Unterwäsche ist voller Blut. Sie zieht sie aus, stopft sie in einen Nylonsack und versteckt ihn im Schrank des Umkleidezimmers. Sonntagmorgen, wenn Elena nicht da ist, wird sie ihn in den Müllcontainer werfen.

Zurück im Bad, betrachtet sie ihre blutverschmierte Haut. Sie muss lachen.

Sie ist zwar ein heller Typ, aber von der Sonne natürlich ein wenig gebräunt, und da stehen ihr diese roten Streifen gar nicht mal schlecht.

Mit leichtem Bedauern wäscht sie das Blut ab.

Giulio kommt nach knapp zwei Stunden.

Sie hat in der Zwischenzeit ein Glas Whisky getrunken und einen Film im Fernsehen gesehen, dabei ist ihr schlagartig klar geworden, dass sie etwas sehr Böses getan hat.

«Alles in Ordnung», sagt Giulio.

«Ich wollte ihn umbringen», sagt sie.

Giulio streichelt ihre Stirn.

«Umbringen, so ein Quatsch, Dummchen! Du hast dich verteidigt. Du hast nichts anderes getan, als dich zu verteidigen.»

«Aber ich war doch drauf und dran, ihn zu erwürgen!»

«Was wetten wir, dass du es im letzten Moment nicht mehr ausgehalten hättest und aufgestanden wärst?»

Vielleicht hätte sie das getan. Nein, weg mit dem Vielleicht. Sie hätte es ganz bestimmt getan. Wenn Giulio ihr das sagt, ist sie sicher.

Nie zuvor ist sie einem Mann begegnet, der sie so gut versteht. Vanni dagegen …

«Wir sind allein», sagt Giulio.

Arianna sieht sich um, wirklich, fast alle sind gegangen.

Und Mario? Was hat er vor? Will er sich nicht an die Abmachung halten? Will er sich rächen?

Doch da sieht sie ihn aus dem Badewärterhäuschen kommen und auf Kabine 5 zugehen. Sie blickt auf die Uhr, es ist Mittag. Eine Stunde Verspätung.

«Der Signorino ist angekommen.»

«Gut, gehen wir», sagt Giulio. «Um drei muss ich wieder im Büro sein.»

Mario ist, gelinde gesagt, enttäuschend gewesen.

«Ich gehe mit Franco reden.» Giulio hat sich bereits umgezogen.

Sie zieht ihren Bikini an, duscht schnell, trocknet sich ab, streift das Kleid über, nimmt die Strandtasche und den Plastikbeutel, geht zu Giulio und überreicht Franco den Schlüssel.

«Auf Wiedersehen, bis nächsten Donnerstag.»

Auf dem Platz stehen nur noch ihre beiden Autos.

«Was habt ihr abgemacht?», fragt Arianna.

«Das Übliche. Er wird drei oder vier Jungen aufmarschieren lassen. Du hast die freie Wahl, aber es ist besser, wenn du ein bisschen früher herkommst als ich, so gegen zehn, dann bleibt dir genug Zeit, dich zu entscheiden.»

Genau das hat sie von ihm hören wollen.

«Wir werden in den Feierabendverkehr geraten», sagt

Giulio. «Macht es dir was aus, wenn ich schon vorfahre und du in aller Ruhe nachkommst? Ich möchte duschen, mir etwas anderes anziehen und dann schnell ins Büro zurück.»

«Bis später», sagt sie.

Wie an jedem Donnerstag werden sie heute Abend ins Restaurant gehen.

Elenas freie Tage sind der Donnerstagnachmittag bis Mitternacht und der ganze Sonntag.

Giulios Auto rast davon wie eine Rakete. Sie lässt sich Zeit.

Auf dem Schotterweg zur Schnellstraße sieht sie einen Müllcontainer.

Er quillt über, seit drei Tagen streikt die Müllabfuhr. Sie fährt langsamer und wirft die Tüte mit den Brötchen aus dem Wagenfenster. Das Mineralwasser haben sie getrunken.

Sie fährt weiter, plötzlich bremst sie scharf.

Neben dem Container hat sie auf dem Boden etwas entdeckt.

Aber sie ist nicht sicher, späht nach hinten, doch von hier aus kann sie nichts erkennen.

Wahnsinn, was für ein Glückstreffer, wenn das wahr wäre!

Ihr bleibt nichts anderes übrig, als zurückzufahren, um die Sache zu überprüfen. Sie legt den Rückwärtsgang ein, rollt ganz langsam zurück.

Dann entfährt ihr ein Freudenschrei.

Sie hat richtig gesehen!

Sie steigt aus, öffnet den Kofferraum, überquert die schmale Straße, geht zum Müllcontainer und hebt den bleichen Schädelknochen eines großen Tiers vom Boden auf, sicher eine Kuh. Dann geht sie zum Auto zurück, wickelt den Schädel in ein altes Plaid, legt ihn vorsichtig in den Kofferraum, schließt den Deckel und fährt weiter.

Sie ist so glücklich, dass sie Lust bekommt, die einzige Melodie zu trällern, die sie kennt.

Als kleines Mädchen, auf dem Land bei Großmutter, hatte sie sich ihr Ein und Alles gebaut, von dem keiner wusste, nicht mal ihrer Herzensfreundin Mariella hatte sie davon erzählt, denn das Ein und Alles gehörte ihr ganz allein und basta.

Kein Fremder durfte dort hinein.

Zur Sicherheit hatte sie den Kuhkopf vor den Eingang platziert.

Wer den wegschob, um hereinzukommen, musste sterben.

Vor der Tür mein Kopf der Kuh
Rühr den an und tot bist du
Vorher musst du kacken und
blutest furchtbar aus dem Mund
ausgeblutet stirbst du so
und voll Kacke ist dein Po

Sie ist dort angekommen, wo sie dem Vogel beim Sterben geholfen hat. Es muss die richtige Stelle sein, weil sie das Schild wiedererkennt, das einen Meter entfernt an einem Pfahl hängt: «Trattoria mit Hausmannskost 100 Meter».

Sie hält an, steigt aus.

Auf der Straße ist nur noch ein Fleck mit einer etwas dunkleren Färbung des Asphalts zurückgeblieben.

Sie blickt sich um.

Und entdeckt die zerquetschten Überreste des Vogels unter einem Gebüsch aus Wildkräutern auf der Wiese neben der Straße. Sie geht zu dem Gebüsch.

Tausende von Ameisen fressen ihn kahl, bilden auf ihrem Weg hin und zurück zwei schnurgerade Reihen.

Sie kehrt zum Auto zurück und fährt weiter.

Das Ein und Alles war eine Art Höhle in einem riesigen Felsblock, der vor wer weiß wie langer Zeit aus dem nahen Gebirge heruntergerollt war.

Der Eingang war unsichtbar, weil ein dichtes Büschel Schwertlilien ihn vollständig bedeckte.

In diesen Unterschlupf hatte sie eine Kerze und eine der Großmutter entwendete Schachtel Streichhölzer gebracht, obwohl man dort drinnen eigentlich ganz gut sehen konnte, aber so wurde es geheimnisvoll und magisch, außerdem das Buch über die Zwerge, das Onkel Arturo ihr geschenkt hatte.

Einen hatte sie mal gesehen, einen Zwerg.

Sie war auf dem Weg ins Ein und Alles gewesen, in der Hand ein Brötchen mit Salami, um es dort in aller Ruhe zu essen und um dem Spinnenmännchen Bertoldo ein paar Krümel abzugeben, dem einzigen fremden Wesen, das die Erlaubnis hatte, sich im Ein und Alles aufzuhalten, aber in Wahrheit wohnte Bertoldo schon vor ihr dort, sie hatte ihn entdeckt, als sie zum ersten Mal hineingeschlüpft war. Bei einem der nächsten Male hatte sie dann den Zwerg gesehen.

Er stand neben den Schwertlilien und knöpfte sich die Hose auf.

Er war nicht größer als sie mit ihren fünfeinhalb Jahren, ganz runzelig das Gesicht, das Hemd rot, ein Wams, die Hosenbeine in grüne Strümpfe gestopft, auf dem Kopf eine Wollmütze mit Puschel.

Sie war stehen geblieben, sie wollte nicht, dass der Zwerg von ihrem Ein und Alles erfuhr.

Doch er hatte sie schon bemerkt, stellte sich vor sie hin, zog seinen großen Piephahn raus und fing an, Pipi in die Luft zu machen, dabei ließ er den Piephahn mit der Hand kreisen, dann beschrieb das Pipi mal rechts, mal links einen Bogen, der Zwerg lachte darüber, und sie lachte auch. Da hatte der Zwerg auf den Piephahn gezeigt und gesagt:

«Komm her und spiel du damit.»

Aber sie war erschrocken weggelaufen.

Sie fährt das Auto in die Garage, Giulios Wagen ist nicht da, er wird schon wieder im Büro sein, sie hängt sich die Strandtasche über die Schulter, öffnet den Kofferraum, zieht die Decke vom Kuhschädel, nimmt ihn vorsichtig in beide Hände und geht hinauf ins Haus.

Dort legt sie den Schädel auf das Tischchen im Eingangsflur, streift die Tasche ab, nimmt den Schlüssel zum Dachboden, der mit anderen Schlüsseln neben der Tür hängt, geht ins Treppenhaus und steigt ein paar Stufen hinauf, die vor zwei Türen enden.

Die eine, aus Glas, führt auf die Terrasse, die andere aus braunem Holz auf den Dachboden.

Diese Tür schließt sie auf, dann geht sie die Treppe wieder hinunter, hängt den Schlüssel an seinen Platz, nimmt den Kuhkopf, steigt die Treppe hinauf, betritt den Dachboden und schaltet das Licht ein.

Es ist ein sehr großer Raum, Giulio hat die Villa von

seinem Vater geerbt, der sie wiederum von seinem Vater geerbt hatte, mehrere Generationen der Familie De Bellis haben hier Schränke, Truhen, Sessel, Sofas, Stühle, Etageren, Trichtergrammophone, gewaltige Radioapparate, Vasen, Stative für Fotoapparate, alte Ölschinken, Fernseher und Porträts ihrer Vorfahren aufgehäuft.

Die beiden Glühbirnen, im Abstand von drei Metern angebracht, genügen nicht, um den ganzen Raum zu erhellen; je näher man den Wänden kommt, desto mehr Ecken liegen im Dunkeln.

Arianna geht auf die hintere Wand zu, gelangt in den dunklen Bereich, bleibt vor einem Schreibtisch stehen, wo sie einen Leuchter mit einer Kerze und eine Schachtel Streichhölzer aufbewahrt, zündet die Kerze an und geht auf zwei riesige Schränke zu, die nicht nebeneinanderstehen, sondern so, dass sie mit der hinteren Wand ein rechtwinkliges Dreieck bilden.

Doch die Seitenwand eines der beiden Schränke reicht nicht ganz bis an die Dachbodenwand, ein schmaler Spalt ist offen geblieben, durch den nur ein dünner Mensch schlüpfen kann.

Tatsächlich muss Arianna sich mühsam hindurchzwängen.

Vier

Dies ist das Ein und Alles, das sie sich schon im ersten Jahr ihrer Ehe mit Giulio bauen konnte.

Die Einrichtung besteht aus einem rosa Tischchen und einem kleinen Stuhl in derselben Farbe, wahrscheinlich gab es unter Giulios Vorfahren ein Mädchen, dem sie gehörten. Außerdem ist dort eine Puppe aus Keramik, einen halben Meter groß, mit Glasaugen, die auf- und zuklappen.

Die Puppe ist ihre beste Freundin geworden und heißt Stefania.

Ein ganzes Jahr lang hat Stefania vor dem geheimen Eingang gesessen und darum gebettelt, ins Ein und Alles hereingelassen zu werden, und sie ist lange standhaft geblieben, aber eines Tages hat sie angefangen zu weinen, da hat sie sich erbarmt und hat gesagt, ja, komm rein, und seitdem hat Stefania sich nicht mehr von dort wegbewegt.

Sie legt den Kuhkopf direkt vor den Durchschlupf, denn sie hat schon lange begriffen, dass eine andere Puppe, aber aus Stoff, Ornella, eine ordinäre Zicke, auf Stefania eifersüchtig ist und sogar imstande wäre, sich im Ein und Alles breitzumachen, ohne um Erlaubnis zu bitten.

Jetzt muss sie den Kuhkopf weihen. Sie zieht sich nackt

aus, auch die Sandalen, weg damit, nimmt den Leuchter, geht zu dem Kopf und lässt ein paar Tropfen Wachs darauf fallen.

Sie spricht die Formel:

Das Ein und Alles sollst du schützen,
niemand anderes darf es benützen.
Bleib meine Freundin in Ewigkeit,
schenk mir Frieden und Fröhlichkeit.
Lass keinen Feind den Zutritt wagen,
verschone mich mit traurigen Tagen.

Sie tritt einen Schritt vor, geht in die Hocke und pinkelt auf den Kuhschädel.

Durch dieses Wasser, das strömt aus mir,
sei deine Macht immerdar bei mir.

Die Zeremonie ist beendet.

Sie richtet sich auf und geht zu dem Stühlchen, um sich hinzusetzen.

Da hört sie, dass der Kuhkopf ihr etwas zuflüstert, aber sie versteht es nicht. Um ihn besser zu hören, legt sie sich neben ihn auf den Boden, wo Staub und Pipi sie schmutzig machen, aber das ist egal.

Endlich versteht sie, was der Kuhkopf ihr sagen will.

Sie zwängt sich aus dem Ein und Alles heraus, nimmt Ornella, öffnet die Schublade einer ramponierten Anrichte, holt ein verrostetes Messer heraus und kehrt ins Ein und Alles zurück.

Ornella scheint zu ahnen, was ihr bevorsteht, denn sie fängt an zu schreien.

Mit einem Schlag ins Gesicht bringt sie Ornella zum Schweigen, setzt sie auf das Tischchen und fängt an, mit dem Messer zu arbeiten.

Nach einer halben Stunde ist Ornella zerlegt.

Stefania klatscht aufgeregt in die Hände.

Arianna nimmt ein Bein von Ornella und verbrennt es über der Kerzenflamme.

Als Giulio kurz vor acht nach Hause kommt, ist Arianna schon fertig zum Ausgehen.

Sie sitzt vor dem laufenden Fernseher und schaut sich Zeichentrickfilme an, die ihr von Zeit zu Zeit ein helles glucksendes Gelächter entlocken, ein mädchenhaftes Lachen, das ihr nur in bestimmten Situationen entwischt – Situationen, in denen Erwachsene mit Sicherheit niemals lachen würden.

«Gibst du mir fünf Minuten, um mich frischzumachen?»

Sie hört ihn nicht einmal.

Mit weit aufgerissenen, leuchtenden Augen, den Zeigefinger im Mund, im Schneidersitz auf dem Sessel, ist sie völlig auf die Abenteuer von Tom und Jerry konzentriert, ihren liebsten Comicfiguren.

Fasziniert hört Giulio ein paar Minuten ihrem Lachen zu, dann geht er ins Bad.

Man kann wirklich nicht behaupten, dass er und Arianna sich an einem Ort kennengelernt hätten, der dem Aufblühen der Liebe besonders förderlich gewesen wäre.

Seine erste Frau, Gianna, hatte ihm während ihrer langen Krankheit immer wieder gesagt, dass sie in der Familiengruft begraben werden wollte.

Er hatte ihr diesen Wunsch erfüllt und es sogar auf sich genommen, mit seinem Auto dem Wagen des Bestattungsunternehmers zu folgen, der sich nach drei Stunden Autobahnfahrt weitere zwei Stunden lang in ein winziges Gebirgsdorf hinaufgequält hatte, eine Art Rio Bo aus dem Gedicht von Palazzeschi, einsam mitten in den Bergen gelegen, Villaredo oder so ähnlich.

Es war an einem Samstag im Frühling, und während der letzten zwei Stunden Fahrt war ein intensives Grün von allen Seiten auf ihn eingestürmt, ein so übermächtiges Grün, dass es ihm, der an eintöniges Zementgrau gewöhnt war, sogar unangenehm wurde.

Der Friedhof wirkte dagegen wie ein akkurat gepflegter kleiner Garten.

Als er nach zwei Stunden bürokratischen Irrsinns mit dem Friedhofswärter, einem bis zur Besessenheit peniblen Menschen, wieder in sein Auto gestiegen war, um in die Stadt zurückzufahren, hatte er, kurz bevor er durch das Friedhofstor fuhr, aus dem Augenwinkel eine junge Frau gesehen, die, an einen Grabstein gelehnt, mit gesenktem Kopf auf dem Boden saß, sodass die Haare ihr Gesicht verdeckten. Ihr Oberkörper wurde von Schluchzern geschüttelt.

Sie erschien ihm wie das Inbild größter Einsamkeit und Verzweiflung.

Wäre sie statt aus Fleisch und Blut aus Marmor oder Bronze gewesen, sie hätte die Allegorie untröstlicher Trauer über den Verlust eines geliebten Menschen darstellen können.

Was tun? Weiterfahren oder ihr in irgendeiner Form Hilfe anbieten?

Er hatte gebremst, war ausgestiegen und auf sie zugegangen.

Die junge Frau hatte ihn nicht bemerkt, sie hatte weiter geweint und sich plötzlich den Zeigefinger in den Mund gesteckt.

Durch diese Geste wurde der Eindruck großer Einsamkeit, den sie vermittelte, noch stärker, noch quälender.

Die junge Frau verwandelte sich vor seinen Augen in ein verlassenes, ängstliches, verzweifeltes kleines Mädchen.

«Kann ich Ihnen helfen?»

Er hatte sich über sie gebeugt.

Sie hatte nicht geantwortet, sondern ihm nur ihre flache, geöffnete Hand hingehalten, ohne den Kopf zu heben. Und so war er einem lächerlichen Missverständnis erlegen, denn er hatte ihre Hand geschüttelt und gesagt:

«Angenehm. Giulio De Bellis.»

Sie hatte kein Wort von sich gegeben.

Noch immer von Schluchzern geschüttelt und mit dem Finger im Mund, hatte sie ihm weiter ihre ausgestreckte Hand hingehalten.

Da war ihm der verrückte Gedanke gekommen, dass sie vielleicht aufhören würde zu weinen, wenn er ihr ein Bonbon in die Hand legte.

Eine ganze Weile lang hatten sie in dieser Haltung verharrt, bis der Wärter gekommen war, um ihnen zu sagen, sie müssten den Friedhof verlassen, er werde jetzt geschlossen.

«Wohin gehen wir?», fragt Giulio.

Sie macht den Fernseher aus, die Zeichentrickserie ist sowieso vorbei.

«Wohin du willst.»

«Entweder zu Bruno, wie immer, oder wir gehen uns was Neues suchen.»

«Ich hab eine Idee», sagt Arianna. «Was sagst du dazu, wenn wir bei der Hitze eine Spritztour ans Meer machen?»

«Sehr gut!», ruft Giulio aus. «Ich habe gehört, dass es hinter dem Wasserflughafen ein neues Spitzenrestaurant gibt, es heißt *Il Vascello*, und die Adresse habe ich auch. Wollen wir es ausprobieren?»

«Lass uns losfahren», bestimmt sie kurz und bündig.

Sie hat so großen Appetit, dass es sich anfühlt, als hätte sie ein Loch in der Magengrube.

Er hat sie an der Hand gehalten, in sein Auto steigen lassen und ist aus dem Friedhof herausgefahren. Hinter ihnen hat sich das Tor geschlossen.

Nach wenigen Metern hält er an.

Jetzt weint sie etwas weniger heftig.

«Soll ich Sie nach Hause fahren?»

Sie zuckt die Achseln.

«Antworten Sie mir bitte.»

«Ich wohne nicht in diesem Dorf.»

«Dann sagen Sie mir, wohin ich Sie …»

«Das ist egal.»

Er versteht nicht, was diese Antwort bedeuten soll, ist ein bisschen verwirrt. Aber sehr neugierig geworden.

Vielleicht weil man ahnen kann, dass die junge Frau einen phantastischen Körper hat?

«Was soll das bedeuten, es ist egal?»

Sie zögert, bis sie antwortet. Dann:

«Bringen Sie mich hin, wo Sie wollen. Mir ist jeder Ort gleich.»

Er wird ungeduldig, doch nicht sehr. Einer jungen Frau, die denkt und spricht wie ein kleines Mädchen, kann man nicht böse sein.

«Aber Sie werden doch irgendwo ein Bett zum Schlafen haben!»

Da zieht sie die Nase hoch und erzählt ihm in einem Atemzug eine Geschichte, die sich unglaublich anhört.

Ein Bett zum Schlafen hat sie bis gestern gehabt, zufällig in derselben Stadt, in der er lebt, ein Zimmer in einer schäbigen Pension, aber man hat sie rausgeworfen, weil sie seit einem Monat nicht bezahlt hat, und ihre Koffer hat man auch dabehalten.

Also hat sie ihre Ohrringe versetzt, ein Taxi genommen und sich bis hierher, zum Friedhof, bringen lassen, weil sie große Lust hatte, mit Vanni zu sprechen.

«Und wer ist Vanni? Der Wärter?»

«Nein.»

«Einer, der auf dem Friedhof arbeitet?»

Es stellt sich heraus, dass Vanni ihr vor einem Monat gestorbener Ehemann ist und dass seine Eltern ihn hier begraben ließen.

Aber das Taxi hat viel Geld gekostet, und sie hat festgestellt, dass sie kein Geld mehr für die Rückfahrt besaß.

«Ich bitte um Entschuldigung, aber wenn ich richtig verstanden habe, wohnen die Eltern Ihres Mannes hier in diesem Dorf.»

«Ja.»

«Warum gehen Sie nicht zu ihnen?»

«Weil sie mich hassen. Sie behaupten, ich bin schuld am Tod meines Mannes. Sie haben mich sogar gezwungen, die Wohnung zu verlassen, wo ich mit Vanni gelebt habe, weil sie ihnen gehörte.»

Er fühlt Mitleid in sich aufsteigen.

Aber er weiß weder, was er tun, noch, was er sagen soll.

Dann fasst er einen Entschluss:

«Hören Sie, wollen Sie mit mir in die Stadt kommen? Ich muss ja sowieso zurückfahren.»

Sie zuckt mit den Schultern. Es ist ihr egal.

Er lässt den Motor an, fährt los.

Das von außen schlichte Restaurant ist innen eine funkelnde Pracht aus Kronleuchtern, Silberbesteck und Spiegeln. Auf jedem Tisch ein großer Strauß langstieliger Rosen. Ein bisschen vulgär, ehrlich gesagt. Und es muss wahnsinnig teuer sein. Nur zwei Tische sind besetzt.

Der Oberkellner führt sie an einen Tisch mit Blick auf das wenige Meter entfernte Meer.

Ein leichter Wind weht, der ihnen die Lungen weitet.

«Die Herrschaften sind, wie mir scheint, zum ersten Mal hier», sagt der Oberkellner.

«Ja», bestätigt Giulio.

«Wir servieren nur Fisch. Absolut fangfrisch. Darf ich Austern empfehlen, die vor wenigen Stunden mit dem Flugzeug aus Somalia eingetroffen sind?»

«Ich folge der Empfehlung», sagt Giulio. «Und du?»

«Ich auch», sagt Arianna.

«Dann haben wir exquisite Hummer, nicht zu groß, nicht zu klein. Soll ich zwei zubereiten lassen?»

«In Ordnung.»

Der Sommelier erscheint.

Sie entscheiden sich für einen österreichischen Wein, den sie noch nie getrunken haben, aber er hat einen ansprechenden Namen.

«Vielleicht war es ein Fehler hierherzukommen», sagt Arianna lächelnd.

«Warum?»

«Bei dem Hunger, den ich habe, hätte ich am liebsten mit einem Teller Spaghetti angefangen.»

«Soll ich dir einen bestellen?»

«Nein, es ist besser so.»

Der Wein schmeckt angenehm frisch, sie trinken sofort ein zweites Glas.

Dann kommen die Austern, das übliche halbe Dutzend auf einem Berg aus fein zerstoßenem Eis.

Giulio hat Arianna schon öfter Austern essen sehen, jedes Mal ein Schauspiel, das, wie soll er es ausdrücken, auf keinen Fall jugendfrei zu nennen ist.

Sie wählt eine aus, spreizt die Schalen mit Daumen und Zeigefinger beider Hände, führt sie an den Mund, steckt die Zungenspitze heraus, leckt über das Innere, zieht die Zunge wieder ein, jetzt sieht man im halb geöffneten Mund, wie ihre Zunge den Gaumen streichelt, als wollte sie ihn auf das Vergnügen vorbereiten, das ihn erwartet, dann kommt die Zunge wieder hervor, doch diesmal versetzt sie dem Inneren der Auster, die wie eine Hostie mit beiden Händen in die Höhe gehalten wird, einen so starken, entschiedenen Stoß, dass das weiche Fleisch sich mit einem Ruck von der Schale löst.

Aber jetzt saugt sie das Austernfleisch nicht ein, wie es normal wäre, sondern wickelt langsam ihre Zunge um das Fleisch, öffnet den Mund noch ein wenig weiter, zieht dann die Zunge ein und schließt den Mund.

Sie kaut lange mit geschlossenen Augen und leicht geweiteten Nasenflügeln, als koste sie außer dem Geschmack auch den Geruch gründlich aus, und schließlich schluckt sie.

Seit zwei Stunden fuhren sie schweigend, sie hatte schon seit längerem aufgehört zu weinen, hielt die Augen geschlossen, den Kopf zurückgelehnt. Sie sprachen nicht miteinander, er wusste nicht, ob die junge Frau, deren Namen er noch immer nicht kannte, eingeschlafen war oder nicht, da sagte sie plötzlich, mit noch immer geschlossenen Augen:

«Ich habe Hunger.»

Sie fuhren auf einer Nebenstraße, die Autobahn war wegen eines schweren Unfalls gesperrt, die Polizei hatte sie genötigt, die erste Ausfahrt zu nehmen, gerade durchquerten sie ein Städtchen, und er sah das hell erleuchtete Schild eines Restaurants. Er hielt an. Immer noch besser als eine Autobahnraststätte.

Sie setzten sich, im Restaurant roch es gut, er erhob sich gleich wieder.

«Ich gehe mir die Hände waschen.»

Als er zurückkam, sie saß noch immer in genau derselben Haltung da, hatte sich nicht gerührt, kam ihm die Aufforderung, bei der er sie duzte, spontan über die Lippen:

«Geh dich auch waschen.»

Sie blickte ihn an, er las den Widerwillen in ihren Augen, ganz offensichtlich hatte sie keine Lust, sich die Hände waschen zu gehen.

«Wie heißt du?»

«Arianna.»

«Tu, was ich dir sage, Arianna.»

Widerstrebend stand sie auf, trotzig mit den Waden ihren Stuhl zurückschiebend, damit er quietschte.

Auf dem Rückweg sah sie, wie an einem Tisch Weinbergschnecken serviert wurden, die Sorte, die man mit einer Nadel herausziehen muss.

«Die will ich auch, aber nach der Pasta.»

Noch nie hatte er jemanden so Spaghetti essen sehen.

Geduldig suchte sie mit der Gabel zwei einzelne Spaghetti heraus, hob die Hand, reckte den leicht gesenkten Kopf vor, nahm die Enden der beiden an der Gabel hängenden Fäden in den Mund, schloss die Lippen und saugte.

Bei jeder anderen Frau wäre dies eine unappetitliche, unmanierliche Art zu essen gewesen, doch bei ihr hatte alles etwas Kindliches, Anmutiges.

Die mit einer Tomatensoße angerichteten Schnecken aß sie, indem sie sich mit zwei Fingern eine Schnecke an den Mund hielt und das Fleisch kräftig einsaugte, ohne die vorgesehene Nadel zu benutzen.

Nach einer Weile war ihr Kinn mit Soße verschmiert.

«Wisch dir das Kinn sauber.»

Sie gehorchte, ohne mit der Wimper zu zucken.

Die Flasche Weißwein war geleert, die Austern aufgegessen.

«Der trinkt sich so weg, ohne dass man es merkt», sagt Giulio. «Ein wirklich guter Wein. Wir sollten uns ein paar Flaschen für zu Hause mitnehmen.»

«Erst einmal könnten wir uns noch mehr davon bringen lassen», schlägt Arianna vor.

«Wein oder Austern?»

Arianna stülpt die lüsternen Lippen vor.

«Beides.»

«Warum nicht?»

Giulio ruft nach dem Kellner.

Fünf

Als sie ankommen, ist es ein Uhr nachts.

«Hör zu», sagt Giulio, «entscheide selbst. Wenn du ins Hotel gehen willst, leihe ich dir Geld für ein Zimmer. Du kannst auch bei mir schlafen, ich habe zwei Gästezimmer. Du würdest niemandem zur Last fallen, denn ich lebe allein.»

Sie denkt einen Augenblick nach, dann sagt sie:

«Ich gehe besser ins Hotel.»

«Wie du willst. Ich bringe dich zum Cavour, das ist ein gutes Hotel.»

Doch plötzlich sagt sie:

«Ich kann nicht in ein Hotel gehen.»

«Warum nicht?»

«Ich habe keinen Ausweis.»

«Wieso?»

«Ich bin so wütend aus der Pension weggegangen, dass ich meine Papiere dort gelassen habe.»

«Dann komm mit zu mir. Morgen früh gehen wir zusammen in diese Pension, und du holst dir deinen Ausweis und deinen Koffer zurück.»

«Ich habe dir doch gesagt, dass ich ihnen die Miete schulde!»

«Darum kümmere ich mich.»

Kaum haben sie das Haus betreten, sagt sie:

«Ich möchte duschen.»

Er bringt sie ins Gästebad, zeigt ihr das Zimmer. Dann geht auch er duschen, er ist sehr müde, spürt, dass er sich hinlegen muss, die vielen Stunden Fahrt haben ihn erschöpft.

Bevor er ins Bett geht, schaut er noch einmal nach, ob Arianna etwas braucht, aber er hört nur die Dusche im Bad rauschen.

Er klopft an die Tür. Die Dusche wird abgestellt.

«Arianna? Ich gehe ins Bett, brauchst du noch etwas?»

«Nein danke. Gute Nacht.»

Das Rauschen der Dusche setzt wieder ein.

Nach der zweiten Portion Austern ist auch die zweite Flasche Wein geleert. Sie lassen sich eine dritte bringen.

Dann serviert der Kellner die halb geöffneten Hummer.

«Möchten die Herrschaften Zangen für die Scheren?»

«Ja, bitte.»

Er ist eingeschlafen, da weckt ihn ein Geräusch, er hat einen sehr leichten Schlaf. Es ist die Tür zu seinem Zimmer, die knarrt.

Er tut so, als schlafe er weiter.

Arianna ist barfuß, er hört ihre Füße über den Boden scharren.

Ist sie womöglich eine Diebin, von der er sich nach Strich und Faden hat hereinlegen lassen?

Bestimmt hat sie sich so heimlich eingeschlichen, um die Brieftasche aus seinem Jackett zu nehmen, das über der Stuhllehne hängt.

Doch Arianna ist neben der leeren Seite des Ehebetts stehen geblieben.

Jetzt hebt sie sehr behutsam die Decke.

Er spürt, wie sie langsam und vorsichtig unter das Laken schlüpft, das Bett reagiert kaum auf das Gewicht eines zweiten Körpers.

Sie möchte offenbar vermeiden, dass er aufwacht.

Aber warum ist sie gekommen?

Gleich darauf hat er die Antwort, klar und einfach.

Arianna hat Angst, allein zu schlafen.

Sie muss die Wärme eines anderen Körpers neben sich spüren.

Er liegt noch lange wach.

Er hört, wie ihr Atem nach und nach regelmäßiger wird. Sie ist eingeschlafen.

Da streckt er eine Hand aus, bis er ihre Haut berührt.

Sie ist nackt, liegt mit dem Rücken zu ihm.

Nach einer Weile sinkt auch er in einen schweren Schlaf.

Am nächsten Morgen erwacht er um neun. Durch die Fensterläden fällt ein schwaches Licht.

Arianna ist weg. Das Bett wirkt unberührt. Wäre da nicht der Abdruck ihres Kopfes im Kopfkissen, er könnte sich einreden, dass er geträumt hat.

Arianna bricht die Scheren mit der Zange auf und saugt das Innere mit derselben Technik heraus wie bei den Schnecken.

Sie haben auch die dritte Flasche Wein leergetrunken.

Arianna ist beschwipst.

«Hast du noch Appetit?»

«Nein, ich bin satt.»

«Was möchtest du jetzt tun?»

«Nach Hause fahren.»

Auf dem Weg zum Parkplatz hakt sie sich bei ihm unter, nähert ihren Mund seinem gesunden Ohr, flüstert:

«Heute Nacht möchte ich deine Auster sein.»

Am nächsten Morgen bekommt sie beim Baden plötzlich große Lust, ins Ein und Alles hochzugehen und Stefania zu erzählen, was sie bei Mario empfunden hat und dass ihr so etwas noch nie passiert ist.

Aber das geht nicht, weil Elena da ist und putzt.

Vor Sonntagmorgen wird also nichts daraus.

Uff! Wie lästig, immer bis Sonntagmorgen warten zu müssen, bevor sie ihrer anderen Lieblingsbeschäftigung nachgehen kann!

Und dabei außerdem immer zu hoffen, dass Giulio seine zwei Stündchen joggt und sich nicht von Faulheit übermannen lässt.

Erst einmal heißt es sich in Geduld üben.

Sie muss sich damit abfinden, sie zwei Tage lang nicht zu sehen.

Sie hat ihr Bad beendet, zieht sich an. Elena klopft und fragt, ob Arianna etwas braucht, weil sie wegen einiger Besorgungen, die sie vergessen hatte, aus dem Haus muss.

«Nein danke, Elena, geh ruhig.»

Wie wunderbar!

Besser hätte es nicht kommen können.

Jetzt hat sie mindestens eine Stunde zur freien Verfügung.

Sie nimmt den Dachbodenschlüssel, steigt die Treppe hinauf, öffnet die Tür, tritt ein, schaltet das Licht an.

Sofort hört sie Stefanias Stimme:

«Bist du das, Ari?»

«Ja, ich komme.»

Sie geht weiter, nimmt die Kerze, steigt über den Kuhkopf, schlüpft durch den Spalt zwischen Schrank und Wand, betritt das Ein und Alles.

Meine Güte, wie schmutzig es hier ist! Schwarze Rußflecken bedecken den Boden, die Aschenreste von Ornella.

Sie nimmt einen Besen und einen Lappen, macht alles gründlich sauber, dann setzt sie Stefania auf das Tischchen und lässt sich auf dem kleinen Stuhl nieder.

Sie fängt an, von Mario zu erzählen, doch Stefania unterbricht sie schon bald.

«Du behauptest also, es sei das erste Mal, dass ein Mann dich so rundherum richtig zu nehmen wusste …»

«Aber das stimmt!»

«Als du mir vom ersten Mal mit Vanni erzählt hast, hast du aber fast dieselben Worte gebraucht.»

«Aber Vanni ist tot!»

«Dass Vanni tot ist, tut jetzt nichts zur Sache. Ich wollte dich nur daran erinnern, dass auch Vanni, wenigstens am Anfang …»

Sie ärgert sich.

«Na gut. Dann sind es eben zwei gewesen, Vanni und Mario! Zufrieden?»

«Sprich nicht in diesem Ton mit mir! Was hast du mit Mario vor?»

«Nächsten Donnerstag sehe ich ihn zum letzten Mal.»

«Ganz sicher?»

«Was?»

«Dass es nur noch dies eine Mal sein wird?»

«Ich weiß nicht.»

«Sei vorsichtig. Du weißt, wie es ausgeht. Wenn du dich in ihn verliebst, kannst du dir Giulio nicht einfach so vom Hals schaffen, wie du es bei diesem Ganzella gemacht hast, und Mario dann heiraten. Er ist ein junges Bürschchen.»

«Sag mal, was soll das, Ganzella ins Spiel zu bringen? Ich habe ihn mir nicht vom Hals geschafft, er selbst hat …»

«Reden wir nicht mehr davon. Worum wetten wir, dass du Mario nach diesem Donnerstag wiedersiehst?»

Jetzt wird sie wütend.

«Du bist eine blöde Ziege. Ich werde dir nichts mehr erzählen. Und wenn du nicht damit aufhörst, geht es dir wie Ornella.»

Als sie um elf aus dem Haus gehen will, Elena hält ihr die Tür auf, klingelt ihr Handy.

Auf dem Display steht: «Teilnehmer unbekannt».

Sie antwortet. «Hallo?»

«Ciao.»

Sie zuckt zusammen: Es ist Mario.

«Einen Moment bitte.»

Sie will nicht, dass das Hausmädchen sie hört.

Mario übertritt eine klare Regel, er weiß, dass er sie nicht anrufen darf, allenfalls darf sie ihn anrufen.

Was mag er wollen?

Höchstwahrscheinlich will er das Treffen absagen, das sie für Donnerstag vereinbart haben.

Sie geht aus dem Haus, bleibt im Garten stehen. Elena schließt die Haustür.

«Was gibt's?»

«Wie geht es dir?»

Was ist denn mit dem los? Warum diese Förmlichkeiten?

«Mir geht es gut. Sag schon, was willst du?»

«He, warum so eilig?»

«Ich habe eine Verabredung.»

«Mit wem?»

«Was geht dich das an? Los, sprich.»

«Ich wollte dir sagen, dass …»

Er hält inne.

Sie wird ungeduldig, will nicht zu spät zu Gemma kommen, sie haben vor, in die Ausstellung chinesischer Kunst zu gehen.

«Hör mal, entweder du sagst mir jetzt endlich, warum du mich angerufen hast, oder ich mache Schluss.»

«Dann rufe ich wieder an.»

«Und ich stell das Telefon ab.»

«Nein, bitte nicht. Ich muss dir sagen, dass …»

Wieder verstummt er.

Okay, dieser Typ leistet zwar gute Arbeit, wenn man ihn entsprechend stimuliert, aber er ist echt kompliziert. Puuh!

Sie beschließt, die Sache in die Hand zu nehmen.

«Hör zu, wenn du mir sagen wolltest, dass du es dir wegen Donnerstag anders überlegt hast, raus damit, das ist wirklich keine Tragödie, weißt du?»

Mario bleibt einen Moment stumm, dann flüstert er:

«Im Gegenteil.»

«Was willst du damit sagen?»

«Ich halte es nicht aus, bis Donnerstag zu warten.»

Er hat so hastig gesprochen und so genuschelt, dass sie etwas anderes verstanden hat.

«Wir können es nicht auf einen anderen Tag verschieben! Das ist unmöglich! Wenn du Donnerstag was anderes vorhast, kann man eben nichts machen.»

«Nein, ich wollte dir sagen, dass ich … dass ich es nicht

aushalte … ja, ich halte es nicht aus, bis Donnerstag zu warten. Ich will dich vorher sehen.»

Es ist, als hätte ihr jemand einen kräftigen Schlag in die Magengrube versetzt.

Für Sekundenbruchteile kehrt ihr Körper in die höllische Glut der Badekabine zurück, wo Marios Hände ihre Pobacken umklammern und sie hochheben …

Eine Hitzewelle überschwemmt sie, sie spürt einen feuchten Schweißfilm zwischen ihren Brüsten.

Ihre Knie sind weich geworden.

Der Junge hat den letzten Satz auf eine Weise ausgesprochen …

Sie reißt sich zusammen.

«Du wirst trotzdem warten müssen», sagt sie bestimmt.

Sie stellt das Handy aus. Läuft zur Garage.

Giulio kommt zum Mittagessen nach Hause, und sie erkennt an seinem Gesichtsausdruck, dass etwas nicht stimmt.

«Was hast du?»

«Ärger in der Firma. Ich fürchte, die Franzosen wollen uns reinlegen. Wahrscheinlich werde ich noch heute abreisen müssen. Ich warte deswegen noch auf einen Anruf. Sonntagabend bin ich zurück.»

«Wohin fährst du?»

«Nach Berlin. Willst du mitkommen?»

«Nein. Was soll ich da? Wird denn da auch samstags gearbeitet?»

«Es handelt sich um eine Reihe privater Treffen.»

Der Anruf kommt, als er seinen Kaffee getrunken hat.

Es ist Silvana, seine Sekretärin.

«Ich gehe den Koffer packen. Silvana hat mich auf den Flug um sieben Uhr heute Abend gebucht. Ich werde ein Stündchen schlafen.»

«Wann soll ich dich wecken?»

«Um vier.»

«Soll ich dich zum Flughafen bringen?»

«Das würde mich freuen.»

Sie geht ins Wohnzimmer und macht es sich mit ihrem neuen Krimi auf einem Sessel bequem. Sie wirft einen Blick auf die Rückseite des Buches.

Der Detektiv heißt Yashim und ist ein Eunuch.

Unwillkürlich muss sie lachen.

Auch in den Tagen nach ihrer Begegnung auf dem Friedhof behandelt Giulio sie mit fürsorglicher Aufmerksamkeit, als sähe er in ihr eine Art Entschädigung für seinen unerfüllten Wunsch nach Vaterschaft. In seiner dreißigjährigen Ehe mit Gianna waren ihnen keine Kinder vergönnt. Außerdem muss man bedenken, dass der Altersunterschied zwischen Arianna und Giulio sechsundzwanzig Jahre beträgt, sie könnte also gut seine Tochter sein.

Am nächsten Tag, einem Sonntag, gehen sie zusammen zur Pension, Giulio bezahlt die ausstehende Miete und lässt sich die Koffer und ihren Ausweis zurückgeben. Beim Mittagessen überredet er sie, eine Weile bei ihm zu bleiben.

«Wenigstens bis du eine bessere Unterkunft gefunden hast.»

Aber wo soll sie eine bessere Unterkunft finden?

Und um welche Arbeitsstelle kann sie sich mit nichts als einem Abiturzeugnis bewerben?

Sie hat noch nie in einem Büro gearbeitet.

Großmutter, die sie als vierjähriges Mädchen zu sich genommen hatte, nachdem ihre Eltern bei einem Eisenbahnunfall umgekommen waren, starb, als sie noch nicht achtzehn war, und danach hatte sie ihren Lebensunterhalt zunächst mit dem Verkauf von Eiern und Gemüse bestritten, also wie Großmutter als Bäuerin gearbeitet und dabei alles vergessen, was sie in der Schule gelernt hatte.

Dann war sie dieses Leben satt gewesen, hatte den Hof für eine lächerliche Summe verkauft und war in die Stadt gezogen.

Sie wollte als Zimmermädchen arbeiten.

Sie war schön, es würde nicht schwer sein, eine Anstellung zu finden.

Tatsächlich hatte sie sofort eine Ganztagsarbeit als Hausgehilfin bei dem Anwalt Ganzella gefunden, einem sympathischen Junggesellen um die fünfzig. In der dritten Nacht war er zu ihr ins Bett gekrochen.

Ganzella war großzügig, er hatte ihr beigebracht, wie man sich benimmt und sich ansprechend kleidet.

Dann hatte er sie zu seiner offiziellen Geliebten befördert und sogar ein Hausmädchen für sie eingestellt.

Vier Jahre war sie mit ihm zusammen gewesen.

Im Großen und Ganzen ruhige Jahre.

Doch eines Tages hatte sie auf einem Empfang Vanni Giovagnoli kennengelernt.

Die klassische Liebe auf den ersten Blick.

Sie wurden ein Paar, aber wie sehr Vanni auch drängte, «Lass Ganzella laufen, dann heirate ich dich sofort», sie konnte sich nicht dazu entschließen.

Nicht dass sie Ganzella geliebt hätte, im Gegenteil, aber Vanni war nur ein mittelloser Vermessungstechniker, der seinen Eltern noch auf der Tasche lag und seit Jahren darauf wartete, von der Stadt angestellt zu werden.

Und dann waren in kurzer Zeit zwei Dinge geschehen.

Vanni hatte die Stelle endlich bekommen, und Ganzella war beim Säubern seines Jagdgewehrs gestorben, er hatte sich versehentlich selbst erschossen.

Und so hatte sie Vanni geheiratet.

Sechs

Woran hatte sie gerade gedacht? Ach ja, an Giulio.

Zwei Wochen wohnt sie schon in seiner Villa, als sie zu dem Schluss kommt, dass Giulios Gefühle für sie nichts Väterliches haben.

Sie hat sich geirrt.

Nicht dass er sich je etwas herausgenommen hätte: nie ein Satz, eine Geste, die nicht korrekt gewesen wären, wirklich niemals. Trotzdem, eine Frau spürt so etwas.

Aber sie kann sich nicht dazu durchringen, die Initiative zu ergreifen.

Eines Abends nach dem Essen, sie sitzen nebeneinander in zwei Sesseln und sehen fern, ertappt sie Giulio dabei, dass er fasziniert, wie hypnotisiert auf ihre nackten Beine starrt, und da erhebt sie sich ohne ein Wort, kauert sich mit dem ganzen Körper auf ihn und schmiegt sich in seine Arme.

Giulio lässt sie gewähren, streichelt ihre Haare. Er zeigt kein Erstaunen über ihr Verhalten.

Noch in derselben Nacht kommt sie nackt in sein Schlafzimmer, Giulio ist wach, er liest ein Buch.

Sie hebt die Decke, wie in ihrer ersten Nacht, doch damals war das etwas anderes, sie streckt sich neben ihm aus, nimmt ihm das Buch aus den Händen, umarmt ihn und küsst ihn lange auf den Mund.

Dann legt sie den Kopf zurück aufs Kissen.

Da er nicht reagiert, blickt sie ihn an.

Er hat einen Ausdruck im Gesicht, den sie nicht entschlüsseln kann, etwas zwischen bekümmert und belustigt.

«Willst du mich nicht?»

«Ich will dich, und ob ich dich will!»

«Und?»

«Ich bin kein Mann mehr.»

Sie hat nicht verstanden.

«Hä?»

«Ich bin kein Mann mehr. Ein Autounfall vor fünf Jahren. Ich bin …»

Er verstummt mit einem schiefen Lächeln.

«Ich bin ein Eunuch geworden.»

Sie ist fassungslos, vor Staunen steht ihr der Mund offen.

Da umarmt er sie, küsst sie, streichelt sie, leckt sie in einer Art wilder Wut.

Es geht ihm nicht so sehr darum, ihr Lust zu bereiten, als sich selbst weh zu tun.

Seit jener Nacht schlafen sie in einem Bett.

Sechs Monate später heiraten sie.

Sie beschließt, dieses Buch nicht nur nicht zu lesen, sondern es auch aus dem Verkehr zu ziehen. Sie steht auf, geht in die Küche und wirft es in den Mülleimer. Dann kehrt sie an ihren Platz zurück und zündet sich eine Zigarette an.

Das Handy klingelt. Auf dem Display erscheint «Teilnehmer unbekannt».

Schon wieder Mario?

Egal, sie erwartet keine dringenden Anrufe, sie antwortet nicht, schaltet das Telefon ab.

Bevor Giulio im Flughafengebäude verschwindet, hebt er den Arm, winkt ihr zu, und sie macht sich auf den Rückweg.

Es herrscht dichter Verkehr, vor einer Dreiviertelstunde wird sie nicht zu Hause sein. Vielleicht noch später.

Die Aussicht, den Abend allein verbringen zu müssen, behagt ihr nicht.

Lieber gleich bei ihren Freundinnen anrufen, bevor sie sich irgendwas anderes vornehmen. Sie weiß, dass es einen halben Kilometer entfernt eine kleine Bar gibt, fast wie auf dem Land, mit Tischen im Freien.

Sie kommt dort an, parkt, steigt aus, lässt sich im Garten einen Kaffee bringen.

«Warum hast du mir das nicht schon heute Morgen gesagt?», fragt Gemma.

«Heute Morgen wusste ich noch nicht, dass Giulio wegfährt.»

«Okay, ich rufe dich in ein paar Minuten zurück. Ich muss sehen, ob ich absagen kann, dann gehen wir zusammen ins Kino.»

Sie trinkt langsam ihren Kaffee, zündet sich eine Zigarette an. Das Handy klingelt.

«Hallo?»

«Wo bist du?»

Es ist nicht Gemma, es ist Mario.

«Jetzt hör mal zu, du Arsch, geh mir nicht länger auf den Zeiger.»

Sofort erkennt sie, dass sie einen Fehler gemacht hat. Das ist genau der Ton, auf den Mario abfährt. Das Gegenteil von dem, was sie wollte.

Tatsächlich.

«Ich will dich ficken, kleine Nutte, kapierst du das nicht? Noch heute Abend. Und wenn du nicht willst …»

«Was machst du dann?»

«Ich stell mich vor dein Haus.»

«Du weißt doch nicht mal, wo ich wohne!»

«Doch, das weiß ich.»

Er nennt die Adresse.

«Wie hast du das rausgekriegt?»

«Das sage ich dir, wenn wir uns sehen.»

Statt etwas zu erwidern, schaltet sie ab. Wieder klingelt das Handy. Es ist Gemma.

«Hat nicht geklappt, tut mir leid.»

Sie ruft Luciana an.

Die Hausgehilfin antwortet: Die Signora ist nicht da und wird zum Abendessen nicht zurück sein.

Was tun? Luigia anrufen?

Aber bei Luigia muss man vorsichtig sein, sie hat gute Tage und schlechte Tage. Und an den schlechten ist sie unerträglich.

Okay, sie wird sich damit begnügen, einen Film im Fernsehen zu gucken.

Um halb zehn, sie sitzt noch unschlüssig am Tisch, nachdem sie lustlos gegessen hat, teilt Elena ihr mit, dass der Signore am Telefon sei.

«Ich bin gerade angekommen. Was machst du?»

«Was soll ich schon machen? Ich werde zu Hause bleiben. Du fehlst mir.»

«Ich weiß nicht, ob ich dich später noch einmal anrufen kann.»

«Mach dir keine Gedanken. Gute Nacht.»

Sie steht auf, geht sich im Bad ausziehen, wäscht sich, zieht einen Morgenrock an und setzt sich, ausgerüstet mit einer Flasche Whisky, dem Eiskübel und Zigaretten, auf den Sessel vor dem Fernseher.

Der Film, den sie sich aussucht, heißt *Lady Chatterleys Liebhaber*. Sie kennt ihn noch nicht und ist sofort gefesselt. So sehr, dass sie drei Gläser Whisky trinkt, ohne es zu merken.

Kurz vor dem Ende kommt Elena herein.

«Gute Nacht, Signora. Ich gehe schlafen. Brauchen Sie noch etwas?»

«Nein, Elena, gute Nacht.»

Die Frau geht immer um Punkt elf ins Bett, außer wenn Gäste da sind.

Bevor sie umschaltet, denkt sie noch ein wenig über den Film nach, den sie gerade gesehen hat. Es gibt durchaus Ähnlichkeiten zwischen ihr und der Heldin.

Bloß dass die Lady ohne Wissen ihres Mannes, der gelähmt im Rollstuhl sitzt, mit dem Gärtner vögelt, während sie …

«Hör mir zu, ohne mich zu unterbrechen», sagt Giulio eines Nachts, nachdem er auf seine Weise mit ihr Liebe gemacht hat. «Morgen kommst du mit mir, ich will dir eine Wohnung am Stadtrand zeigen, die ich gekauft habe.»

Sie spürt einen Stich im Herzen.

Will er, dass sie dort einzieht? Oder hat er selbst die Absicht, dort zu wohnen?

Aber sie sind doch verheiratet!

Will er ihr indirekt zu verstehen geben, dass er sich von ihr trennen möchte?

«Was hast du damit vor?», bringt sie mit dünner Stimme heraus.

«So kann es für dich nicht weitergehen. Ich sehe, wie du von Tag zu Tag nervöser und ungeduldiger wirst. Du brauchst einen richtigen Mann.»

Es verschlägt ihr die Sprache.

Sie hat doch alles getan, um Giulio nicht merken zu lassen, dass …

So hat die Sache angefangen.

Es ist zu früh, um sich schlafen zu legen, sie geht nie vor Mitternacht ins Bett.

Manchmal ging Vanni vor ihr ins Bett. Und wenn sie ihm folgte, war er fast immer schon eingeschlafen.

Er hatte einen unruhigen Schlaf, bewegte sich ununterbrochen und weckte sie oft, während er sich hin und her warf.

Bei Giulio passiert das nicht, er ist anders; wenn er auf sie warten muss, liest er, bis sie kommt, immer schlafen sie zusammen ein. Und er schnarcht nicht.

Sobald er eingeschlafen ist, bewegt er sich nicht mehr, es ist, als wäre er nicht da.

Sie zappt mit der Fernbedienung von einem Kanal zum anderen, bis sie bei einem Film anhält, den sie schon mindestens zweimal gesehen hat, weil es darin sehr brutale

Szenen gibt, die ihr gefallen. Die Szenen sind gut gedreht, der Regisseur heißt Tarantino, das klingt italienisch, aber er ist Amerikaner.

Dann hat sie plötzlich das Bedürfnis, ein bisschen frische Luft zu schnappen.

Sie erhebt sich, geht zum Balkon, dessen Türen weit offen stehen, bleibt aber noch, an den Türrahmen gelehnt, in der Wohnung.

Die Hitze des Tages scheint sich abgeschwächt zu haben. Vielleicht dank eines frischen Windhauchs, der so leicht ist, dass man ihn kaum wahrnimmt.

Der Balkon liegt über der Eingangstür zur Villa, die durch einen großen Garten mit ein paar hohen Bäumen von der Straße getrennt wird.

Auf einer Linie mit der Haustür befindet sich am Ende des Gartens ein großes schmiedeeisernes Tor, durch das man in die Villa und in die Garage gelangt.

Auf ihrer Straße herrscht zum Glück nicht viel Verkehr, und heute Nacht fahren seltsamerweise nicht einmal die Autos, die gewöhnlich hier vorbeikommen.

Vielleicht hat sie es auch nur nicht bemerkt.

Alles liegt in tiefer Stille.

Sie kehrt ins Wohnzimmer zurück, zündet sich eine Zigarette an und geht auf den Balkon hinaus, diesmal stützt sie sich auf das Geländer.

Von hier aus sieht man das von einer Laterne beleuchtete Gartentor.

Und in diesem schwachen Licht meint Arianna jemanden zu sehen …

Wirklich!

Es ist Mario!

Mario, rittlings auf seinem Motorroller, der auf der anderen Straßenseite auf dem Gehweg steht.

Sie kann sich nicht rechtzeitig zurückziehen, Mario hat sie gesehen, jetzt winkt er ihr zu.

Sie erwidert den Gruß nicht, geht verärgert ins Wohnzimmer zurück und setzt sich wieder vor den Fernseher.

Die Bilder des Films laufen vor ihren Augen ab, ohne sie zu erreichen.

Dieser Idiot hat doch tatsächlich getan, was er ihr angedroht hat!

Aber was hofft er damit zu erreichen?

Glaubt er etwa, dass sie ihn reinlässt?

Da kannst du lange warten!

Ihr kommt eine Idee. Wenn sie einfach so tut, als würde sie jetzt schlafen gehen?

Dann zieht er garantiert beleidigt ab.

Sie macht den Fernseher aus, geht die Balkontür schließen, löscht das Licht im Wohnzimmer.

Ein paar Minuten wartet sie, dann geht sie ins Nebenzimmer, das früher als Rauchsalon diente.

Das Fenster steht offen, aber die Rollläden sind geschlossen. Sie steckt einen Finger zwischen zwei Stäbe und kann die Straße sehen.

Mario hat sich nicht vom Fleck gerührt, obwohl von ihm aus gesehen die ganze Villa im Dunkeln liegen muss.

Warum geht er nicht weg?

Will er die ganze Nacht dort verbringen?

Pah, wenn es ihm Spaß macht, soll er bleiben.

Sie löst sich vom Fenster, geht die Treppe hoch ins Schlafzimmer, das nicht an der Vorderfront liegt wie das Wohnzimmer, sondern an einer Seite des Hauses, zieht den Morgenrock aus, geht ins Bad und duscht kalt.

Marios Anblick hat das unerträgliche Hitzegefühl verstärkt, das sie schon vorher verspürte, jetzt ist ihr sogar unter den Achseln, zwischen den Brüsten und den Oberschenkeln der Schweiß ausgebrochen.

Sie bleibt eine halbe Stunde im Badezimmer, dann zieht sie ihr Nachthemd an und wirft sich mit einer Frauenzeitschrift in der Hand aufs Bett.

Doch ihr ist so heiß, dass sie nicht lesen kann.

Ist es die Hitze oder der Gedanke an Mario?

Oder eher Marios Anwesenheit, der dort draußen, wenige Meter entfernt, ausharrt und auf so kindische Weise nach ihr schmachtet?

Nicht auszudenken, wie wild er sich auf sie stürzen würde, wenn sie ihm das Tor öffnete!

Nun ja, theoretisch wäre es möglich, sie könnte Giulios Abwesenheit nutzen. Elena würde nichts hören, ihr Zimmer liegt ganz hinten, abgetrennt.

Nein, so etwas darf sie nicht einmal denken.

Sie zieht sich das Nachthemd aus, löscht die Nachttischlampe und schließt die Augen.

Was Giulio wohl gerade macht?

Der unerwartete Vorschlag ihres Mannes hat sie so aus der Fassung gebracht, dass es ihr im ersten Moment die Sprache verschlägt.

Nie im Leben hätte sie gedacht, dass ein Mann aus Liebe, ja, aus Liebe, so weit gehen könnte.

«Was sagst du dazu?», fragt er.

Er küsst ihre Haare und fügt hinzu:

«Versteh mich recht, ich mache dir einfach nur einen Vorschlag. Du bist völlig frei, ihn abzulehnen oder anzunehmen. Aber ich bin überzeugt, und das meine ich ganz ernst, dass es für unseren, wie soll ich sagen, für unseren ehelichen Frieden besser ist, wenn du ja sagst.»

Der vernünftige, gleichmütige Ton ihres Mannes erscheint ihr fast verrückt, auf jeden Fall ganz und gar unpassend für das, worüber er spricht.

«Was denkst du?», fragt er wieder.

Sie spricht aus, was ihr als Erstes einfällt.

«Ich möchte dich nicht verletzen.»

Kaum hat sie es gesagt, wird ihr bewusst, dass dieser Satz bedeutet, dass sie einverstanden ist. Sie öffnet den Mund, um genauer zu erklären, was sie meint, aber Giulio kommt ihr lächelnd zuvor.

«Wie kannst du mich mit etwas verletzen, was wir gemeinsam beschlossen haben? Was ich dir sogar selbst vorgeschlagen habe? Verletzen würdest du mich, wenn du es ohne mein Wissen oder gegen meinen Willen tun würdest.»

In dem Punkt hat er recht.

Wieder einmal beweist Giulio, dass er sie versteht, wie kein anderer Mann sie je verstanden hat.

Alles hat sie getan, um vor ihm zu verbergen, dass sie manchmal schlecht gelaunt, nervös und unzufrieden war, doch er hat es trotzdem gemerkt. Er hat es nicht nur gemerkt, sondern auch den Grund geahnt.

Einen Grund, den sie nicht einmal sich selbst hatte eingestehen wollen.

Giulio hat ihr ganz einfach vorgeschlagen, sich jeden Donnerstag mit einem fremden Mann zu treffen und mit ihm zu schlafen. Solange sie mit diesem Mann zusammen ist, wird Giulio im selben Raum bleiben.

«Ich bin kein Voyeur, damit das klar ist, aber ich möchte dich nicht mit einem Fremden allein lassen.»

Und nach einer Weile präzisiert er:

«Donnerstags habe ich nur gesagt, um irgendeinen Wochentag festzulegen. Wir können das ändern, wie es dir beliebt. Außerdem muss es nicht unbedingt jeder Donnerstag sein, verstehst du? Wenn du mal keine Lust hast oder unpässlich bist, geschieht nichts.»

Und weiter:

«Wir werden es so einrichten, dass wir uns den Mann, mit dem du zusammen sein musst, vorher anschauen und gemeinsam aussuchen. Er soll dir natürlich gefallen, darum hast du das letzte Wort.»

Er wartet ihre Antwort nicht ab.

«Ach, da ist noch etwas. Ich habe mir überlegt, dass es besser ist, wenn du nicht öfter als zweimal mit demselben Mann zusammenkommst. Andererseits fände ich es übertrieben und auch gefährlich, jede Woche einen neuen auszusuchen.»

Er macht eine Pause.

«Nun, was sagst du dazu?»

«Einverstanden», sagt sie.

Sie kann nicht einschlafen. Macht das Licht wieder an. Aus reiner Neugierde will sie nachschauen, ob Mario noch immer an seinem Platz ist.

Sie steht auf, geht hinunter in den Rauchsalon, späht durch die Rollläden.

Tatsächlich, Mario sitzt noch immer da, rittlings auf seinem Motorroller, und starrt auf den geschlossenen Balkon.

Wenn er ein ausgehungerter Hund wäre, der darauf wartet, dass ihm jemand ein Stück Brot hinunterwirft, würde er jetzt mit dem Schwanz wedeln.

Sieben

Plötzlich empfindet sie große Zärtlichkeit für diesen Jungen, der sich Hals über Kopf in sie verliebt hat.

Vielleicht ist sie die erste wahre Liebe seines Lebens.

Aber sie kann ihm nicht helfen, ihn ins Haus zu lassen wäre ein unverzeihlicher Fehler.

Schweren Herzens geht sie zurück ins Bett.

Das erste Mal war traumatisch, sie hat nicht die geringste Lust empfunden.

Im Gegenteil, sie hat sich so unbehaglich gefühlt, dass sie wie gelähmt dalag.

Giulio hatte alles ohne ihr Wissen organisiert und sie nicht vorgewarnt.

Es war kurz nach Mitternacht, sie kamen gerade aus dem Kino, als er sagte, er wolle ihr etwas zeigen. Unvermittelt bremste er vor einer Bar am Stadtrand, es war März, es hatte geregnet und war kalt.

Beim Eintreten sah sie, dass von den vier Tischen nur einer unbesetzt war, an den anderen saß je ein Mann.

Alle drei blickten zu ihr auf, aber das passiert ihr immer.

Der Barbesitzer, ein schnauzbärtiger Mann in den Fünfzigern, stand an der Kasse, die junge Frau hinter der Theke nannte ihn Papa.

Sie setzten sich an den freien Tisch, und Giulio sagte leise: «Such dir einen von den dreien aus, ganz in Ruhe.»

Sie waren alle jung, der Älteste musste um die dreißig sein.

Einer gefiel ihr gar nicht, denn er hielt die Augen immer halb geschlossen.

Der zweite hatte lange, ungekämmte Haare.

Der dritte …

Jedenfalls war es eine etwas komische Situation. Als stünde sie am Tresen einer Konditorei, doch statt sich ein Stück Kuchen auszusuchen, sollte sie sich für einen Mann entscheiden, mit dem sie ins Bett gehen würde.

Ja, der dritte, ein blonder Dreißigjähriger mit athletischem Körperbau, der sehr gepflegt wirkte, war noch am annehmbarsten.

«Was darf ich Ihnen bringen?», fragte die Barkeeperin.

«Einen Cognac», sagte Giulio. «Und du?»

«Ein Mineralwasser.»

Ihr Mund fühlte sich trocken an. Sie trank gierig.

«Hast du deine Wahl getroffen?»

«Ja, der Blonde.»

«Einverstanden. Gehen wir.»

Sie standen auf, Arianna trat auf die Straße hinaus, Giulio ging zur Kasse und sprach mit dem Besitzer. Dann kam er heraus, sie stiegen ins Auto und fuhren zu der kleinen Wohnung, die für diesen Zweck gekauft worden war und die Giulio ihr vor ein paar Tagen gezeigt hatte.

«Soll ich mich schon vorher ausziehen?»

«Das ist besser.»

Sie zog sich nackt aus und schlüpfte unter die Decke.

«Tu mir einen Gefallen, Giulio. Wenn der Mann bereit ist, mach das Licht aus.»

Es klingelte. Giulio ging öffnen.

Sie drehte den Kopf weg, um dem Mann nicht beim Ausziehen zusehen zu müssen.

Dann erlosch das Licht, und der Mann kroch zu ihr unter die Decke.

Er drang sofort in sie ein, obwohl sie nicht vorbereitet war.

Es war nicht angenehm. Sie spürte nichts.

Doch, etwas, eine Art Ekel.

Beim zweiten Mal lief es viel besser, sodass sie irgendwann sogar das Licht anmachte.

Giulio saß auf einem Stuhl neben dem Bett. Vollständig angekleidet.

Beim darauffolgenden Treffen zog auch er sich aus, doch die Unterhose behielt er an.

Klar, er wollte seine Verstümmelung nicht zeigen.

Sie schaut auf die Uhr, es ist halb drei.

Wieder steht sie auf, geht hinunter in den Rauchsalon.

Mario ist nicht weggefahren.

Er sitzt immer noch auf seinem Motorroller.

Die Mondsichel spendet ein wenig Licht, und das Gesicht des Jungen ist ihr zugewandt.

Absolute Stille, der Wind ist abgeflaut, die Blätter an den Bäumen bewegen sich nicht, doch in dieser Totenstille vernimmt Arianna plötzlich etwas wie ein leises Klagen, ein ersticktes Heulen.

«A…ia…nna! A…ia…nna!»

Sie traut ihren Ohren nicht. Konzentriert sich und lauscht.

«A…ia…nna!»

Das ist er, er ruft mit gedämpfter Stimme nach ihr, aber es klingt, als würde er in seiner Verzweiflung den Mond anwinseln.

Teils um ihn zum Schweigen zu bringen, weil sie fürchtet, die Nachbarn könnten ihn hören, teils weil ihre Beine, ja, ihr ganzer Körper sich ohne Beteiligung ihres Willens in Bewegung gesetzt haben, läuft sie die Treppe hinauf ins Schlafzimmer, streift hastig den Morgenrock über, rennt durch den Flur, die Treppe hinunter, öffnet leise die Haustür, läuft über den Gartenweg, kommt am Tor an, klammert sich außer Atem an das Gitter.

Als würde er sie wittern, dreht Mario ruckartig den Kopf, sieht Arianna und läuft ihr entgegen.

Arianna streckt die Arme durch das Gittertor, die beiden pressen sich aneinander, dass es schmerzt.

Sie tauschen lange, wilde Küsse, Bisse.

Bis jetzt hat sie sich von ihm nicht auf den Mund küssen lassen, es ist das erste Mal.

Aber sie dürfen nicht länger dort stehen bleiben, ein Nachbar könnte sie durchs Fenster sehen oder ein Auto vorbeifahren.

«Lass mich rein», fleht er.

Seine Hände sind unter ihren Morgenrock gewandert, mal streicheln sie ihren Körper, mal krallen sie sich daran fest, sie sind sehr warm, glühen auf ihrer Haut.

«Es geht nicht, mein Mann ist da!», lügt sie mit letzter Kraft.

Sie kann sich befreien, indem sie ihn mit ausgestreckten Armen von sich wegstößt, dann dreht sie sich um, läuft auf die Haustür zu, geht hinein und schließt die Tür.

Sie muss nach Luft schnappen. Sie schafft die Treppe nicht, bricht auf der ersten Stufe zusammen, weil ihre Beine nachgeben, sie ist fertig.

In den frühen Morgenstunden schläft sie ein.

Und wacht nur auf, weil Elena an die Tür klopft.

«Signora, Ihr Mann ist am Telefon.»

Sie steht auf, öffnet die Tür einen Spaltbreit, streckt einen Arm hindurch, das Hausmädchen reicht ihr das schnurlose Telefon.

«Ciao, Liebling.»

«Habe ich dich geweckt? Entschuldige bitte.»

«Ich bin erst spät eingeschlafen.»

«Warum?»

«Vielleicht war es zu heiß. Wie läuft es bei dir?»

«Ich hoffe, dass ich die Situation wieder geradebiegen kann. In einer halben Stunde habe ich einen wichtigen Termin, das entscheidende Treffen findet dann morgen beim Frühstück statt.»

«Schaffst du es denn, morgen Abend zurückzukommen?»

«Ich glaube schon.»

«Wenn du es sicher weißt, ruf mich an und sag mir, wann du ankommst, ich hole dich ab.»

«Mach dir keine Umstände, die Firma wird einen Wagen schicken.»

Sie verabschieden sich, Elena bekommt das Telefon zurück.

«Soll ich Ihnen den Kaffee bringen?»

«Ja.»

Sie hat leichte Kopfschmerzen, das ist ungewöhnlich. Sie legt sich wieder ins Bett.

Auch nachdem sie den Kaffee getrunken hat, bleibt sie noch lange liegen.

Sie fühlt sich völlig kraftlos, wie nach einer schweren Krankheit.

Nie erkältet, nie mit etwas angesteckt, nie kränkelnd, wirklich gar nichts, bis sie fünfzehn war, kerzengrade und kräftig wie eine Pinie wuchs sie heran, dann hatte sie Pech, sie fiel in den Fluss und holte sich eine Lungenentzündung.

Großmutter passte nicht nur auf, dass sie die Medikamente nahm, die der Arzt verordnet hatte, sie erhitzte auch einen Ziegelstein über dem Feuer, wickelte ihn in ein Tuch, und Arianna musste ihn sich auf die Brust legen.

Der Stein versengte ihr die Haut zwischen den Brüsten.

Großmutter wollte, dass sie zwei Wochen lang im Bett lag, vorher durfte sie nicht aufstehen.

Wenn sie ins Dorf ging, musste Onkel Arturo die Krankenwache übernehmen, das war der, der ihr das Buch von den Zwergen geschenkt hatte.

Der Onkel war kein richtiger Onkel.

Er war Großmutters Gefährte und zehn Jahre jünger als sie.

Sie lebten auch nicht zusammen: Er war Straßenverkäufer, und von Zeit zu Zeit blieb er eine Woche, zehn Tage bei ihnen im Haus, dann zog er weiter.

Wenn er wiederkam, hatte er jedes Mal ein Geschenk für Arianna dabei.

Sie mochte Onkel Arturo sehr gern. Er brachte sie mit seinen lustigen Grimassen zum Lachen.

Als Großmutter wieder ins Dorf gehen musste, bemerkte Onkel Arturo die Verbrühung.

«Brennt das?»

«Und wie.»

«Warte.»

Er ging in die Küche und kehrte mit einer Flasche Öl zurück.

«Mach die Bluse weiter auf.»

Herrlich, eine Wohltat für die Haut.

Der Onkel stellte die Flasche auf dem Nachttisch ab und fing an, sie zu streicheln.

Lange.

Irgendwann schloss sie die Augen, sie fühlte sich matt, benommen.

Zwei Tage später, Großmutter war wieder aus dem Haus gegangen, wollte der Onkel sehen, ob seine Behandlung wirksam gewesen war.

Dann glitt seine Hand unter die Decke, und sie ließ ihn gewähren.

Onkel Arturo war der Erste gewesen.

Zwei Monate später, im Wald, wo sie Pilze sammeln gingen.

Gegen zehn Uhr beschließt sie aufzustehen.

Denn um halb zwölf hat sie ihren gewohnten Termin beim Friseur.

Doch bevor sie ins Bad geht, ruft sie Gemma an.

«Lädst du mich ein? Ich möchte nicht allein zu Mittag essen.»

«Kein Problem, ich bin auch allein.»

«Wo ist Giancarlo?»

«Er besucht doch alle vierzehn Tage seine heißgeliebten

Eltern. Unseren Sohn hat er auch mitgenommen. Sie werden ihn mir mit Bauchweh zurückschicken, Großeltern zu sein bedeutet für sie, ihren Enkel mit Süßigkeiten vollzustopfen. Sei froh, dass du keine Kinder hast.»

Der letzte Satz enthält keine Andeutung.

Sie hat ihren Freundinnen nichts von den Folgen von Giulios Unfall gesagt.

Nein, das stimmt nicht ganz, Stefania hat sie es anvertraut. Aber nur ihr.

«Dann komme ich um eins?»

«Ich erwarte dich.»

Sie legt das Handy auf den Nachttisch, muss es aber sofort wieder nehmen, denn es hat geklingelt.

«Hallo?»

Eine heiße Welle strömt ihr von der Brust in den Bauch und noch tiefer.

Es ist Mario.

«Ciao.»

«Geh ans Fenster.»

«Was soll der Quatsch?»

«Geh ans Fenster.»

Er legt auf.

Einen Augenblick steht sie überrumpelt da, das Telefon in der Hand.

Er wird doch nicht die ganze Nacht vor dem Tor verbracht haben? Ist er jetzt völlig durchgedreht?

Sie zieht ihren Morgenrock an, geht hinunter ins Wohnzimmer, zum Glück läuft Elena gerade nicht hier herum, reißt die Balkontür auf und zeigt sich.

Mario ist auf seinem Beobachtungsposten, aber er hat

nicht die ganze Nacht Wache gestanden, er trägt ein anderes Hemd.

Er legt das Handy an sein Ohr, Arianna hört ihr Handy erneut klingeln.

«Ich liebe dich», sagt Mario.

Das haben ihr schon viele gesagt, Giulio nie.

Sie antwortet nicht mit einem «Ich dich auch», wie Mario vielleicht erwartet hätte, denn das hier ist ganz bestimmt keine Liebe.

Der Junge bringt alles durcheinander. Ihn treibt bloß eine starke, unbezwingliche Begierde nach ihrem Körper, mit Gefühlen hat das nichts zu tun.

Sie begehrt ihn auch, vielleicht etwas weniger heftig als er sie, aber sie weiß genau, dass es dabei nicht um Liebe geht.

«Das ist total verrückt, du bist ein Spinner.»

«Der dich trotzdem liebt.»

Sie muss lächeln.

Eines Abends war Ganzella mit ihr ins Theater gegangen.

Da gab es genauso eine Szene wie diese hier, sie hieß Julia und stand auf einem Balkon, unten auf der Straße stand er, Romeo.

Bloß, dass sie nicht über Handy miteinander sprachen. Und er kam auch nicht auf einem Motorroller.

Aber die Geschichte, daran erinnert sie sich, ging sehr schlimm aus.

«Entschuldige, ich habe zu tun.»

«Schick mir einen Kuss.»

Wie albern! Er ist wirklich ein dummer Junge!

Sie hat nicht die geringste Lust zu solchen Kindereien, doch wenn sie ihn nicht zufriedenstellt, bringt der Typ es noch fertig, sich den ganzen Tag lang dort hinzupflanzen.

Sie blickt zum Haus gegenüber, niemand steht am Fenster, außerdem ist es ziemlich weit weg, also führt sie Zeige- und Mittelfinger an die Lippen, dreht die Finger zu ihm hin und bläst darüber.

Sofort hört sie Marios Stimme im Handy.

«Danke. Das wird mir bis heute Abend genügen.»

Sie geht wieder hinein.

Was soll das nun wieder bedeuten?

Hat er vor, das gleiche Affentheater abzuziehen wie gestern Nacht?

Will er sich tatsächlich an sie hängen wie eine Zecke?

Sicher, sie schläft gerne mit ihm, sogar sehr gerne, und auch jetzt hätte sie Lust dazu, aber sein sentimentales Geklammere erträgt sie überhaupt nicht.

Gefühle haben hier nichts zu suchen und dürfen gar nicht erst aufkommen.

Aber wie soll sie ihm das begreiflich machen?

Von da an wurde es Onkel Arturo zur Gewohnheit, länger bei ihnen zu bleiben.

Er ging mit Großmutter schlafen und versuchte kein einziges Mal, nachts in Ariannas Zimmer zu kommen.

Er hatte Angst vor der Großmutter, einer energischen Frau, die handgreiflich werden konnte und ein strenges Regiment über ihn führte.

Also wurde es sehr oft im Wald getan oder wenn Großmutter ins Dorf ging.

Als sie sechzehn war, schickte Großmutter sie eines Tages in die Hütte von Simone, dem Zauberer.

So wurde er genannt, weil er alle Kräuter kannte, die Krankheiten heilen.

Arianna hatte ihn noch nie gesehen, aber sie hatte oft von ihm gehört.

Sie war auf einen Alten mit Bart gefasst, stattdessen stand sie vor einem mageren Mann um die vierzig, das Gesicht eingefallen, die dichte Mähne schwarzer Haare hier und da von weißen Strähnen durchzogen, der mit nacktem Oberkörper im Gras lag.

«Wo kommst du denn auf einmal her?»

«Ich bin die Enkelin von Camilla.»

«Wie heißt du?»

«Arianna.»

Er hatte sie lang betrachtet, ohne ein Wort zu sagen.

Es war ihr so vorgekommen, als würden diese Augen nicht nur durch ihre Kleider dringen, sondern bis unter ihre Haut. Dann war der Mann aufgestanden, hatte sich vor sie hingestellt, ganz dicht, hatte die rechte Hand auf ihren Bauch gelegt und leicht gedrückt.

Gleich darauf hatte er die Geste wiederholt und dabei das Gesicht verzogen.

Sie war so verblüfft gewesen, dass sie nicht wusste, wie sie reagieren sollte.

«Bist du wegen deines Problems gekommen?»

Wovon redete er?

«Ich habe keine Probleme.»

«Du hast eines, du weißt es nur noch nicht.»

«Aber was …?»

«Lass mich ausreden. Sobald du es weißt, komm ruhig zu mir, ich werde dir helfen. Was willst du?»

Sie hatte ihm das Geld gereicht und gesagt, welches Kraut Großmutter haben wollte, und er hatte es ihr gegeben.

Einen Monat später entdeckte sie, dass Onkel Arturo sie geschwängert hatte. Großmutter konnte sie es nicht sagen, die hätte sie beide aus dem Haus gejagt.

Und da sie nun wusste, dass sie ein Problem hatte, beschloss sie, zu Simone zu gehen.

Acht

Ariannas Freundinnen vertrauen ihr all ihre Geheimnisse an.

Und es endet immer damit, dass sie Arianna in den höchsten Tönen loben, sie eine Heilige nennen, weil sie die Einzige in ihrem Kreis ist, die keinen Liebhaber hat.

«Wie schafft eine wie du das bloß …?»

«Sieht so aus, als würde Giulio …»

«Giulio muss ein phantastischer Mann sein, er nimmt dich voll und ganz ein, auch gefühlsmäßig …»

«Hast du denn gar keine Lust auf Abwechslung?»

«Sag die Wahrheit, nicht mal eine klitzekleine Phantasie?»

Sie hat es zugegeben, sie hat gelogen, damit ihre Freundinnen aufhören. Ja, ja, der Gedanke kommt ihr schon manchmal, das ist doch normal.

Aber auf die praktische Umsetzung hat sie lieber verzichtet.

«Warum bloß?»

«Weil ich nicht glaube, dass ich mit zwei Männern gleichzeitig zusammen sein könnte.»

Da hat sie die Wahrheit gesagt.

Simone hat ihr das Kind abgetrieben, es blieb eine Sache zwischen ihnen beiden, nicht mal Onkel Arturo hat sie gesagt, dass sie schwanger war.

«Bleib mindestens eine Stunde flach liegen», sagt Simone, der sich großartig verhalten hat.

Er hat sie nicht in Verlegenheit gebracht, war diskret, leise und sorgfältig.

Obendrein hat er keine Fragen gestellt, hat nicht wissen wollen, von wem sie schwanger war.

«Wie viel willst du?»

«Wofür?»

«Hierfür.»

«Vergiss es erst mal», sagt Simone lächelnd.

Als sie nach Hause kommt, klagt Großmutter über starke Schmerzen in den Beinen. Außerdem ist Onkel Arturo abgereist, er wird einen Monat wegbleiben, also muss Arianna jetzt ein paar Tage lang für Großmutter das Obst im Dorf verkaufen.

Arianna freut sich, dass Onkel Arturo nicht da ist, sie hat keine Lust, ihn über sich keuchen zu hören, sein Schweiß riecht sauer.

Die Idee, ein wenig von Großmutters Geld abzuzweigen, kommt ihr gleich am ersten Tag, als sie die Sachen ins Dorf bringt. Es ist kinderleicht, obendrein vertraut Großmutter ihr blind.

Sie kann ein hübsches Sümmchen beiseitelegen.

Und so beschließt sie nach einem Monat, Simone, den sie seither nicht mehr gesehen hat, eine Anzahlung zu machen.

Eines Nachmittags geht sie zu ihm, der Himmel ist pechschwarz, Großmutter wollte sie erst nicht aus dem Haus lassen, wohin willst du bei diesem Wetter, aber sie hat nicht nachgegeben, hat erzählt, dass sie am Morgen Caterina getroffen hat, ihre Schulkameradin, und dass sie vereinbart haben, sich am Nachmittag wiederzusehen, kurzum, sie hat sich durchgesetzt.

Simone zieht gerade einem Kaninchen die Haut ab.

Er scheint sich über ihr Kommen zu freuen.

«Was willst du?»

«Ich bringe dir eine Anzahlung.»

Simone bricht in Gelächter aus.

«Ich will aber kein Geld von dir!»

«Was willst du dann?»

«Verstehst du das nicht?»

Sie versteht und wird rot. Das passiert ihr nur sehr selten.

Simone sieht es.

«Komm schon, sei nicht beleidigt. Aber wenn ich dich beleidigt habe, kannst du gehen.»

Sie rührt sich nicht, er hat sie nicht beleidigt.

«Ich werde dich nicht drängen», sagt Simone. «Du kommst, wenn du kommen willst. Und wenn du keine Lust hast, mich zu bezahlen, mach dir keine Sorgen, ich schick dir schon nicht die Carabinieri auf den Hals. Setz dich. Ich mache das hier fertig, dann trinken wir zusammen ein Gläschen von meinem Kräutersud.»

Kaum hat sie sich hingesetzt, bricht das Gewitter los.

Und es dauert Stunden. Sie kann unmöglich zurück nach Hause.

Und so muss sie sich das ganze Mittagessen über die Litanei von Gemmas Klagen über Michele, ihren Liebhaber, anhören.

«Zum Beispiel heute, weißt du? Gestern hab ich ihn angerufen, ich wäre heute komplett frei, nachmittags könnten wir uns mindestens drei Stunden sehen, wir tun es schon seit einer Ewigkeit nicht mehr, und weißt du, was dieses Arschloch mir geantwortet hat? Er muss ins Stadion, er hat sich schon vor einiger Zeit mit zwei Freunden verabredet, da kann er nicht im letzten Moment … Aber wenn ich ihn mal nicht treffen kann, und zwar aus Gründen, die viel wichtiger sind als ein Fußballspiel, dann wird er wütend, sagt, dass ich ihn nicht mehr liebe, dass ich ihn vernachlässige …»

Ziemlich lästig, sich diese Tirade anzuhören.

Aber immer noch besser als allein mittagessen.

«Hast du Hunger?», fragt Simone, als er aus dem Bett aufsteht.

«Nein.»

Sie hat Hunger, natürlich, aber sie würde lieber an ihn geschmiegt liegen bleiben und schnurren wie eine Katze.

Das war vielleicht toll!

Mit Onkel Arturo überhaupt nicht zu vergleichen.

Irgendwann muss sie sogar ohnmächtig geworden sein. Na ja, vielleicht nicht ohnmächtig, aber zumindest hat sie einen ziemlichen Aussetzer gehabt.

Sie rekelt sich.

Das Gewitter will nicht nachlassen.

Sie betrachtet Simone, er ist nackt, sein Körper wird vom Kaminfeuer beleuchtet. Was für Muskeln er hat!

«Ich muss mal.»

«Wenn du bei diesem Wetter rausgehen möchtest …»

Sie möchte nicht.

Aber der Drang wird immer stärker. Sie bräuchte … ja, eine Schüssel.

«Gib mir …»

Sie beendet den Satz nicht. Sie hat absolut keine Lust, irgendeine Bewegung zu machen, auch nicht die kleinste.

Ihr Körper ist so entspannt, so wohlig, so wunschlos glücklich, dass sie es einfach nicht schaffen würde, vom Bett aufzustehen.

Ein vollkommenes Wohlgefühl erfüllt sie.

Sie schließt die Augen, um es auszukosten.

«Was wolltest du eben?», fragt Simone.

«Nichts.»

Simone legt sich wieder hin, umarmt sie.

«Warum ist hier alles nass?», fragt er überrascht.

Sie erschrickt. Immer wenn ihr das passiert, setzt es furchtbare Prügel von Großmutter!

Sie spricht mit hauchdünner Stimme.

«Ich hab ins Bett gepinkelt.»

Simone schweigt einen Augenblick überrascht, dann fängt er an zu lachen.

So sehr, dass ihm Tränen in die Augen treten.

Auf dem Weg zum Auto stellt sie ihr Handy wieder an. Sie hatte es während des Mittagessens ausgeschaltet gelassen. Drei Nachrichten, alle von Mario.

Die erste lautet:

«Ich liebe dich.»

Die zweite:

«Ich liebe dich mehr als das vorige Ich liebe dich.»

Die dritte:

«Ich liebe dich noch viel mehr als die beiden vorigen Ich liebe dich.»

Sie muss lächeln. Was für ein Kindskopf!

An jenem Morgen war sie mit Giulio an den Strand gefahren. Vor dem Meer bildeten drei stämmige Burschen ein Grüppchen, das waren die Kandidaten.

Giulio und sie hatten sich auf den Liegen ausgestreckt, um die drei hinter dem Schutz ihrer Sonnenbrillen zu mustern.

Dann war dieser Junge aufgetaucht, der offenbar seine eigenen Gründe hatte hierherzukommen. Er hatte sich unter den Sonnenschirm neben ihrem gesetzt und zwei zerschlissene Bücher, ein Heft und einen Kugelschreiber aus seiner Tasche geholt. Er machte sich Notizen. Vielleicht ein Schüler, der die Schule schwänzte.

Ein magerer, nervöser, sehniger Körper.

Sie hatte die Sonnenbrille kurz abgenommen, und ihre Blicke hatten sich zufällig gekreuzt.

Von diesem Moment an hatte der Junge seine Augen nicht mehr von ihr abgewendet, hatte die Bücher beiseitegelegt, war unruhig geworden, man sah förmlich seine Gier.

Warum nicht, hatte sie sich gesagt.

Das wäre mal etwas Neues, mit einem, der sie um ihrer selbst willen begehrte. Es würde anders sein als mit einem Stricher, der es für Geld tat.

«Und wenn mir dieser Schüler gefällt?», fragt sie Giulio.

«Der ist doch noch minderjährig!»

«Na und?»

«Der weigert sich womöglich, reagiert beleidigt und zeigt uns an.»

«Das glaube ich nicht.»

Giulio kann ihr einfach nichts abschlagen.

Ein wenig zögernd erhebt er sich und geht auf den Jungen zu.

«Darf ich kurz mit Ihnen sprechen?»

Der Junge missversteht ihn, er denkt, Giulio will ihm drohen, weil er seine Frau wie hypnotisiert angestarrt hat.

«Aber ich habe doch gar nichts …»

«Ich weiß, ich weiß.»

Verwirrt steht der Junge auf, Giulio tritt an seine Seite, die beiden gehen los, entfernen sich.

Dann sieht sie, wie der Schüler eilig zurückkommt, seine Bücher zusammenrafft, er blickt nicht in ihre Richtung, läuft davon, verschwindet hinter dem Strandbad.

Sie ist enttäuscht, offenbar hat Giulio ihn nicht überreden können.

Ihr Mann kommt zurück, bleibt neben ihr stehen.

«Geschafft.»

«Aber er ist abgehauen!»

«Er ist nicht abgehauen, er will seine Bücher in den Motorroller packen. Erst habe ich gedacht, er macht einen Witz. Ich glaube nicht, dass er schon restlos überzeugt ist. Aber ich gehe erst mal Franco sagen, dass er uns die anderen aus den Augen schaffen soll.»

Nach einer Weile taucht der Junge wieder auf, legt sich bäuchlings auf den Sand, den Kopf zu ihr gedreht, blickt sie bewundernd an.

Sie lächelt ihm zu.

Er erwidert ihr Lächeln nicht, als wäre er nicht ganz bei sich, vielleicht hält er das Ganze für einen Traum.

Franco kommt aus seinem Häuschen, ruft die drei Jungen zu sich, schafft sie weg. Jetzt ist niemand mehr am Strand.

Giulio kommt zurück.

«Gehen wir?»

«Ja.»

«Komm», sagt Giulio zu dem Jungen.

Der erhebt sich und folgt ihnen.

In der Badekabine zieht sie ihren Bikini aus, legt sich auf die Liege.

Der Junge ist stehen geblieben, mit dem Rücken an die verschlossene Tür gelehnt.

«Wie heißt du?», fragt Giulio.

«Mario.»

«Gehst du zur Schule?»

«Ich bin in der zwölften Klasse im Gymnasium.»

«Warum ziehst du deine Badehose nicht aus?»

«Nachher.»

«Wie nachher?»

«Nachdem Sie weggegangen sind.»

«Aber ich gehe nicht weg», sagt Giulio.

Der Junge zuckt zusammen, macht Anstalten, ihnen den Rücken zuzudrehen, die Tür aufzumachen und zu verschwinden.

«Sei nicht kindisch», sagt sie leise.

Mario bleibt stehen, sieht sie an, dann streift er sich die Badehose ab, er sieht süß aus, wenn er schmollt.

Giulios Anwesenheit verdirbt ihm den Spaß, es ist klar, dass ihn das verlegen macht. Tatsächlich bringt er nur eine mittelmäßige Leistung.

Aber Mario nutzt den Moment, als Giulio sich anzieht, um ihr ins Ohr zu flüstern:

«Ich will dich allein sehen.»

Und er sagt ihr leise seine Handynummer. Zum Glück hat sie ein gutes Gedächtnis.

Sie kommt zu Hause an, und Elena teilt ihr sofort mit, dass Giulio am Telefon ist.

«Ich hatte dich um die Mittagszeit angerufen, aber Elena hat mir gesagt, dass du zu Gemma gefahren bist. Gute Idee. Weißt du was? Hier regnet es.»

«Hier herrscht eine mörderische Hitze, schlimmer noch als gestern. Musst du noch lange bleiben?»

«Ich glaube nicht. Wenn nichts Unvorhergesehenes dazwischenkommt.»

Sie geht sich hinlegen. Sie hat zu nichts Lust. Wahrscheinlich wegen der Hitze.

Unvorhergesehen ist die Rückkehr von Onkel Arturo nach knapp drei Wochen.

Er ist gerade mal zwei Tage zurück, da packt er sie, stößt sie gegen die Wand, knöpft sich die Hose auf.

«Wenn du wüsstest, wie sehr ich …»

Sie schiebt ihn mit aller Gewalt von sich weg.

Das hat Onkel Arturo nicht erwartet, sie ist immer fügsam gewesen, er wundert sich.

«Was ist los mit dir?»

«Du sollst mich nicht mehr anfassen. Sonst …»

«Sonst?»

«Sag ich es der Großmutter.»

Der Fausthieb in den Bauch, den Onkel Arturo ihr versetzt, trifft sie wie ein Hammerschlag.

Sie fällt vornüber zu Boden, die Hände auf den Bauch gepresst, wimmert vor Schmerz.

Onkel Arturo bückt sich, hebt ihren Rock hoch, streift ihr die Unterhose ab.

Wie gut, dass morgen Sonntag ist. Elena wird nicht da sein, also kann sie endlich in ihr Ein und Alles gehen und so lange bleiben, wie sie will. Sie überlegt, ob sie ihren Teller mit nach oben nehmen und im Ein und Alles essen soll.

Als sie klein war, hat sie das manchmal gemacht, im anderen Ein und Alles, wenn Großmutter tagsüber im Dorf blieb.

Außerdem muss sie Stefania unbedingt berichten, was da mit Mario läuft, und sie um Rat fragen.

Nicht dass Stefania immer besonders kluge Ratschläge geben würde, oft ist sie sogar ein bisschen verrückt, aber wenn sie sich Mühe gibt, kommt am Ende irgendwas Nützliches für Arianna heraus.

Denn sie weiß wirklich nicht, wie sie sich bei diesem Jungen verhalten soll.

Ein Teil von ihr sagt, dass es das Beste wäre, die ganze Sache sofort abzubrechen und auch auf das für Donnerstag geplante Treffen zu verzichten. Obwohl sie sehr gerne noch einmal mit ihm zusammen wäre. Aber das geht dann eben nicht.

Sie könnte ihn jetzt sofort anrufen und ihm ohne weitere Erklärungen einfach nur sagen, dass sie ihre Meinung geändert hat, dass sie ihn niemals im Leben wiedersehen will, und ihm vielleicht sogar mit den Carabinieri drohen, falls er noch einmal vor ihrem Gartentor auftaucht.

Aber natürlich würde Mario sich nicht damit abfinden, er würde sehr heftig reagieren, das lässt sich unschwer vorhersehen. Er ist zu sehr besessen von ihr.

Und darum wäre es am besten, wenn sich alles noch vor Giulios Rückkehr zu einem glücklichen Ende bringen ließe.

Sonst würde es einen unvermeidlichen Skandal geben.

Und Giulio will sie auf gar keinen Fall verlieren.

Spielen wir die Sache durch.

Ich rufe ihn an und verbiete ihm, sich noch einmal blicken zu lassen, aber er kommt trotzdem, also rufe ich die Carabinieri …

Moment mal.

Was erzähle ich den Carabinieri?

Na ja, ganz einfach, ich erzähle, dass der Junge mich am Strand gesehen hat, mich mit seinem Motorroller verfolgt hat und mich seitdem nicht mehr in Ruhe lässt, er hat völlig den Kopf verloren, ruft mich ständig an, keine Ahnung, wie er an meine Nummer gekommen ist …

Nein, das geht nicht, auf Marios Handy ist ein Anruf von ihr.

Bei dem sie ihr Treffen zu zweit in Canneto verabredet haben.

Die Wahrheit würde ans Licht kommen.

Also muss sie auf den anderen Teil von sich hören, der ihr rät, Mario keine Hindernisse in den Weg zu legen und, solange es andauert, seine Leidenschaft zu ertragen.

Denn es ist mehr als wahrscheinlich, dass der Junge früher oder später die Lust an ihr verlieren wird.

Hoffentlich eher früher als später.

Sie kann einfach nicht für lange Zeit mit zwei Männern gleichzeitig zusammen sein, so ist sie eben, ein paar Tage hält sie durch, aber dann reicht es ihr.

Entweder der eine oder der andere.

Neun

«Na, und warum hast du's deiner Großmutter nicht gesagt, du Nutte?», keucht Onkel Arturo über ihr.

Zum zweiten Mal hat sie sich der Gewalt beugen müssen.

Es ist im Schuppen passiert, wo sie eine Schubkarre holen wollte. Mühsam kann sie Tränen der Wut zurückhalten.

Einen Augenblick lang hatte sie eine Hippe in Reichweite und war versucht, ihn …

Sie hat nicht nach der Hippe gegriffen, aber sie hat sich geschworen, dass dies das letzte Mal ist.

Am nächsten Tag geht sie zu Simone.

Nachdem sie sich geliebt haben, fragt er:

«Was ist los mit dir?»

«Warum?»

«Du warst woanders.»

Stimmt, sie hat die ganze Zeit nur an Onkel Arturo gedacht.

«Bleib zu Hause, wenn du keine Lust hast», sagt Simone. «Ich will dich nicht haben, wenn du an deine Hühner denkst.»

«Ich habe nicht an die Hühner gedacht!»

Und sie erzählt ihm alles, ohne einmal Luft zu holen, ihr Wortschwall ist ein reißender Fluss. Sie verrät ihm auch, dass Onkel Arturo der Vater des Kindes ist, von dem sie sich befreit hat.

«So kann ich nicht mehr weitermachen. Was soll ich tun? Du

musst mir helfen. Dieser Mann ekelt mich an; wenn er mich noch einmal dazu zwingt, bring ich ihn um!»

Sie erwartet eine Antwort von Simone.

Aber nichts kommt.

Lange sieht er sie stumm an, sucht ihren Blick.

Dann steht er auf, zieht seine Hose an.

«Zieh dein Kleid über, wir gehen raus.»

Sie ist bitter enttäuscht, sie hat einen Rat erwartet oder ein tröstliches Wort, nicht dieses vielleicht sogar feindselige Schweigen.

Ist Simone etwa böse auf sie, weil sie am Tag davor mit Onkel Arturo zusammen war?

Aber wenn sie ihm doch gesagt hat, dass er sie mit Gewalt genommen hat und dass er sie anekelt!

Sie tut, was Simone sagt, steht auf und zieht sich an. Sie versteht nicht, wohin er sie bringen will.

Die beiden gehen hinaus, der Himmel ist klar, keine Wolke ist zu sehen. Simone hat sich zwei Quersäcke über die Schulter gehängt.

Sie gehen in den Wald.

Von Zeit zu Zeit bleibt Simone stehen, nimmt das Messer, bückt sich, schneidet Büschel von den Kräutern ab, die er braucht, steckt sie in den Quersack.

Seit einer halben Stunde gehen sie schon, und er hat kein einziges Wort gesagt.

Was ist bloß los mit ihm?

Beleidigt kann er nicht sein, wenn er plötzlich stehen geblieben ist, sie in den Arm genommen und geküsst hat.

Aber warum spricht er nicht?

Doch auf einmal sagt er:

«Sieh dir das an, dort am Boden unter dieser Pinie, zwischen den Nadeln.»

Sie schaut hin.

«Ich sehe nichts.»

«Sieh genauer hin.»

Sie geht näher heran, bückt sich.

Da sieht sie, fast ganz begraben unter den Piniennadeln, eine kleine Pflanze aus nur zwei sichelförmigen grünen und violetten Blättchen mit einer winzigen gelben Blüte in der Mitte.

«Die da?»

«Ja.»

«Was ist das?»

«Vor dieser Pflanze musst du dich in Acht nehmen.»

Er bückt sich, um sie auszureißen, hält sie zwischen den Fingern und zeigt sie ihr.

«Sie ist sehr giftig, tödlich. Man trocknet sie, drei oder vier Tage an der Sonne genügen, dann tut man sie in den Ofen und zerstampft sie mit dem Mörser zu Pulver. Eine kleine Prise in der Suppe oder worin immer du willst, und sie tötet einen Mann auf der Stelle. Und für die Ärzte ist es ein Tod durch Herzversagen.»

Er wirft die Pflanze auf die Erde, zertritt sie.

«Hier im Umkreis wächst sehr viel davon.»

Er geht weiter. Sie folgt ihm.

Vielleicht gibt es doch eine andere Lösung.

Einfach nicht da sein, sich nicht zu Hause aufhalten, wenn er mit seinem klapprigen Motorroller ankommt.

Sie könnte gegen acht Uhr aus dem Haus gehen, allein im gewohnten Restaurant in der Nähe zu Abend essen, sich dann einen Film im Kino ansehen und nachts in irgendeinem Hotel schlafen. Sie braucht bloß die Strandtasche mitzunehmen.

Beim Rausgehen würde sie Elena sagen, wenn ein Junge am Tor auftaucht, der anfängt herumzuschreien, könne sie ruhig die Carabinieri …

Nein, sie ist wieder am Ausgangspunkt.

Wegzugehen wäre keine Lösung.

Es würde vielleicht sogar alles noch schlimmer machen. Das muss um jeden Preis vermieden werden.

Also was tun?

Sie ärgert sich über sich selbst, bei Schwierigkeiten hat sie bisher immer schnelle und sichere Lösungen gefunden. Doch jetzt zögert sie, ist unsicher.

In dieser neuen Arianna erkennt sie sich nicht wieder.

Und sie gefällt ihr nicht.

Großmutter ist hinunter ins Dorf, Arianna hat Suppe zubereitet und sie aufs Feuer gestellt. Sie ist beruhigt, weil Onkel Arturo mit Großmutter gegangen ist.

Nein, plötzlich kommt Onkel Arturo hereingestürmt, stößt sie von hinten über das Spülbecken, drückt ihren Kopf nach unten.

Dieses Mal wehrt sie sich nicht, sie lässt ihn machen.

«Hab ich dich also überzeugt, was?», fragt Onkel Arturo selbstgefällig, weil sie nicht einmal versucht hat, sich zu entwinden.

Sie antwortet nicht, macht sich wieder am Herd zu schaffen.

Wie ein Huhn, das vom Hahn bestiegen wird, so hat sie sich gefühlt.

Nach einer halben Stunde kommt Großmutter zurück.

Sie ist todmüde, ihre Beine werden immer schlimmer. Sie setzt sich an den Tisch.

Auch Onkel Arturo setzt sich, füllt sein Glas mit Wein. Er trinkt es zur Hälfte leer, als wollte er Gaumen und Kehle ölen.

Sie steht mit dem Rücken zu den beiden, gießt die Suppe aus der Schöpfkelle in Onkel Arturos Teller, dem immer als Erstem serviert wird.

Dann füllt sie Großmutters Teller und stellt ihn vor ihr hin.

Zuletzt setzt auch sie sich an den Tisch.

«Köstlich!», ruft Onkel Arturo aus, der schon den ersten Löffel runtergeschluckt hat.

Wohl bekomm's!, denkt sie.

Sie muss eingeschlafen sein, ohne es zu merken, denn als sie die Augen öffnet, ist es draußen schon fast dunkel.

Elena klopft vorsichtig an die Tür.

«Signora, das Abendessen ist serviert.»

So spät ist es schon?

Sie geht ins Bad, um sich das Gesicht zu waschen, dann wird ihr klar, dass sie sich gründlich reinigen muss, wenigstens eine Dusche, sie fühlt sich klebrig vom Schweiß und vom Schlaf.

Als sie sich an den Tisch setzt und Elena ihr einen Teller Vitello tonnato vorsetzt, wird ihr beim Anblick der Farbe der Soße ein wenig übel.

Nein, wenn sie davon kostet, muss sie bestimmt kotzen.

Innerlich ist sie völlig durcheinander.

Vielleicht weil sie zu einer so ungewöhnlichen Zeit geschlafen hat.

«Elena, ich habe keinen Appetit. Gibt es frischen Salat?»

Mit dem Salat klappt es viel besser. Danach isst sie vier große Aprikosen.

Sie ist fertig. Gerade will sie aufstehen, da hört sie das Telefon klingeln.

Elena kommt mit dem schnurlosen Apparat an.

Es ist Giulio. Er klingt euphorisch.

«Sieht ganz so aus, als hätte ich alles in Ordnung bringen können.»

«Was machst du jetzt?»

«Ich gehe gleich zu einem weiteren Arbeitsessen und dann sofort ins Bett. Ich bin todmüde. Kann ich dich später anrufen?»

«Ich gehe auch bald ins Bett.»

«Dann gute Nacht und bis morgen.»

Es stimmt nicht, dass sie sofort ins Bett gehen wird.

Sie will nur keinen Anruf von Giulio bekommen, wenn sie gerade damit beschäftigt ist, Mario im Zaum zu halten.

Verdammt, wie das alles nervt!

Wenn sie doch nur irgendeinen Weg finden könnte, um sich schnell aus dieser Lage zu befreien.

Sie könnte ihn vielleicht anrufen, sagen, sie sei gestürzt, sie rufe vom Krankenhaus aus an und es habe keinen Zweck, dass er komme.

Ha, von wegen!

Er würde Himmel und Hölle in Bewegung setzen, um von Elena zu erfahren, in welches Krankenhaus man sie gebracht hat, und zuletzt herausfinden, dass er hereingelegt wurde.

Und er würde fuchsteufelswild werden.

Ein Jahr nach Onkel Arturos Tod – wegen Herzversagen, so hat es der Arzt formuliert – fällt Großmutter im Haus unglücklich hin und bricht sich den Oberschenkelknochen. Bei ihrer Rückkehr aus dem Dorf findet Arianna sie am Boden liegend vor. Sie schreit vor Schmerz und kann sich nicht mehr bewegen.

Arianna versorgt sie mehr recht als schlecht und läuft schnell wieder hinunter ins Dorf, um den Arzt zu holen.

Großmutter wird ins Krankenhaus gebracht.

Arianna bleibt allein im Haus, und Simone kommt sie jede Nacht besuchen. Bei Tagesanbruch geht er wieder. Es sind wunderbare Nächte.

Als Großmutter entlassen wird, erkennt Arianna, dass alles anders ist, beider Leben wird nicht mehr so sein wie früher.

Großmutter kann zwar gehen, aber nur an Krücken.

Und sie ist gealtert, jetzt sieht man ihr all die Jahre an, die sie auf dem Buckel hat.

An dem Tag, als Arianna ins Krankenhaus gegangen ist, um Großmutter abzuholen, hat der Arzt sie beiseitegenommen.

«Sorgen Sie unbedingt dafür, dass die Signora die verschriebenen Medikamente regelmäßig nimmt. Sie ist sehr krank.»

Krank? Großmutter? Was sagt er?

«Sie ist doch nie zu einem Arzt gegangen!»

«Eben, das ist es ja. Hätte sie das rechtzeitig getan, wäre ihr Herz jetzt nicht in diesem schlechten Zustand. Und passen Sie auf, Ihre Großmutter darf sich auf keinen Fall anstrengen.»

Zu Hause beginnt sofort der Krieg.

Denn Großmutter möchte weiter all das tun, was sie immer getan hat, und es kostet Arianna viel Mühe, sie davon abzuhalten.

Nach ein paar Monaten hat sie es geschafft.

Jetzt sitzt Großmutter bei schönem Wetter draußen auf einem Stuhl und genießt die Sonne, und wenn es regnet, wird der Stuhl ans Fenster oder vor den Kamin gestellt.

Arianna hat keine freie Minute mehr, alle Arbeit in Haus und Hof bleibt nun an ihr hängen.

Simone kann sie nur noch selten sehen, doch wann immer sich die Gelegenheit ergibt, verschwinden sie im Ein und Alles.

Weitere sechs Monate vergehen, dann kann Großmutter nicht mehr sitzen.

Eines Morgens schafft sie es nicht mehr, aus dem Bett aufzustehen.

Sie wird nie wieder aufstehen.

Arianna betreut sie Tag und Nacht. Sie sieht abgemagert und ungepflegt aus. Und ist vor allem müde.

Großmutters Zustand verschlechtert sich rapide.

Sie spricht nicht mehr, von ihren Lippen kommt nichts als ein langanhaltender, ununterbrochener Klagelaut.

Arianna ruft den Arzt. Der untersucht sie, zuckt mit den Schultern.

«Da ist nichts mehr zu machen. Man kann nur warten, dass sie stirbt, es tut mir leid.»

«Hat sie Schmerzen?»

«Ich nehme es an. Sogar starke.»

Am nächsten Tag erzählt sie Simone weinend, was der Arzt gesagt hat.

Und Simone:

«Ich frage mich, welchen Sinn es hat, sie so leiden zu lassen.»

Arianna sagt nichts, aber sie denkt, dass Simone recht hat.

Sie hat ihren Morgenrock angezogen und sitzt im Sessel, schaut rauchend und trinkend fern. Das Handy liegt neben ihr.

Plötzlich sieht sie, dass der Film längst aus ist, und sie

hat es nicht einmal bemerkt. Wirre Bilder in grellen Farben sind vor ihren Augen abgelaufen. Sie erinnert sich an kein einziges Wort.

Wo hat sie bloß ihren Kopf?

Wäre es nicht besser, sich einen Plan zurechtzulegen für den Moment, in dem Mario am Tor auftaucht?

Aber warum soll sie ihm eigentlich so viel Bedeutung beimessen?

Meine Güte, er ist doch bloß ein dummer Junge!

Es kann nichts Gefährliches geschehen, überhaupt nichts, solange sie die Situation im Griff behält.

Schlimmstenfalls wird sich die Geschichte von gestern Nacht wiederholen.

Sie werden sich ein Weilchen betatschen, werden noch mal einen leidenschaftlichen Kuss austauschen, und damit hat es sich.

Aber bevor es so weit kommt, wird sie ihn ein bisschen zappeln lassen.

Und vielleicht könnte sie sich diesmal ein klein wenig länger streicheln lassen oder ihn selbst ein bisschen streicheln, na ja, ihm eben ein Minimum an Befriedigung verschaffen, damit er sich vertrösten lässt. Ja, das ist keine schlechte Idee.

Aber weiter wird sie nicht gehen.

Und das fest verschlossene Gartentor muss immer zwischen ihnen sein, es bietet ihr Sicherheit.

Falls Mario sich aber nun in den Kopf setzt, auch am Sonntagabend zu erscheinen, wenn Giulio im Haus ist?

Nein, daran muss sie ihn hindern, unbedingt.

Ein Wort.

Wie soll sie es nur anstellen?

Nach Großmutters Tod ist Simone praktisch bei ihr eingezogen. Meistens kommt er gegen sechs Uhr abends, dann essen sie zusammen und gehen ins Bett.

Am Morgen trennen sie sich. Er kehrt in seine Hütte zurück, sie geht ins Dorf.

Sie fühlt sich befriedigt und ausgeglichen, spürt einen inneren Frieden, als würde ihr Blut in vollkommenem Gleichklang mit der umgebenden Natur fließen.

«Ich muss dir etwas sagen», fängt Simone eines Nachts an.

«Sag es.»

«Morgen gehe ich weg.»

«Wie lange?»

Er zögert, bevor er antwortet.

«Vielleicht für immer.»

Schlagartig ist es, als würde ihr eine Schicht Eis auf den ganzen Körper gelegt.

«Ich bin dreiundvierzig. Ich besitze nichts, lebe von der Hand in den Mund. Dazu habe ich keine Lust mehr. Verstehst du das?»

Stumme Tränen laufen über ihr Gesicht.

«Geh, wohin du willst, ich kann dich nicht daran hindern, ich bin nicht deine Ehefrau», erwidert sie schroff.

Da erzählt er ihr, dass er nach Deutschland gehen und bei seiner Schwester leben wird, die dort mit einem Deutschen verheiratet ist und eine Arbeit als Waldhüter für ihn gefunden hat.

«Das wird gut bezahlt.»

Sie ist traurig, aber auch wütend, weil er alles heimlich vorbereitet hat, ohne sie in seine Pläne einzuweihen.

Sie hat nie Geheimnisse vor ihm gehabt.

Aber wenn es so ist, na, dann gute Reise.

Sie verweigert sich Simone, der zum letzten Mal mit ihr schlafen möchte.

«Bringst du mich zum Bahnhof?»

«Nein.»

Und nach einiger Zeit verliert auch sie, nunmehr ganz allein, die Lust an dieser Art Leben.

Sie beschließt, alles zu verkaufen und in der Stadt als Hausmädchen zu arbeiten.

Das Hausmädchen kommt, um ihr gute Nacht zu sagen.

«Wann gehst du morgen weg?»

«Um acht Uhr, wie immer. Brauchen Sie etwas?»

«Könntest du mich mit dem Kaffee wecken, bevor du rausgehst?»

Acht Uhr, das ist früh für Arianna, aber sie hasst es, ohne den Duft von Kaffee aufzuwachen.

Normalerweise bringt ihr Giulio, der all ihre Eigenheiten genau kennt, sonntags statt Elena den Kaffee ans Bett.

«Natürlich, Signora.»

Zehn

Ganzella verlangte, dass sie ihm jeden Morgen den Kaffee ans Bett brachte.

Wenn er in der Nacht aus dem einen oder anderen Grund nicht bei ihr gewesen war, befahl er ihr manchmal, während er langsam die Augen öffnete:

«Bleib hier.»

Dann gehorchte sie. Sie wusste, was gleich geschehen würde.

Sie blieb neben dem Bett stehen und wartete.

Ganzella richtete sich halb auf und trank seinen Kaffee mit entnervender Langsamkeit. Wenn er fertig war, hielt er ihr die leere Tasse hin.

«Hol mir eine Zigarette.»

Sie nahm eine Zigarette aus dem Päckchen, reichte sie ihm.

Er steckte sie sich zwischen die Lippen.

«Mach sie mir an.»

Und dann, nachdem er den ersten Zug genommen hatte:

«Zieh dich aus.»

Sie wusste, dass der Striptease exakt so lange dauern musste wie die Zigarette des Anwalts.

In dem Moment, in dem er die Kippe im Aschenbecher auf dem Nachttisch ausdrückte, kickte sie ihren Slip weg.

Darauf hob Ganzella die Bettdecke.

«Komm.»

Das Handy klingelt.

«Ich bin angekommen», sagt Mario. «Ich bin vor deinem Haus.»

Genau in diesem Moment kann Arianna endlich einen Entschluss fassen. Sie wird die Sache schnell durchziehen und ihn wegschicken.

«Soll ich mich auf dem Balkon zeigen?»

«Ich will rein.»

Auch für diesen Wunsch, auf den sie schon gefasst war, hat sie eine Antwort parat.

«Bist du verrückt? Und wenn Giulio dich entdeckt?»

«Ich sage nicht, dass ich ins Haus will. Es reicht, wenn du mir das Tor aufmachst. Ich bleibe im Garten, versprochen.»

«Jemand von den Nachbarn könnte dich für einen Dieb halten, und dann ist hier die Hölle los.»

«Wenn du herunterkommst und sie sehen, dass du bei mir bist, wird mich niemand für einen Dieb halten.»

O ja, eine wirklich geniale Idee!

Die ganze Nachbarschaft schaut zu, während sie sich im Bademantel nachts im Garten mit einem Jungen unterhält.

Der arme Giulio würde zum Gespött des ganzen Viertels werden.

Falls sie überhaupt Lust bekommt hinunterzugehen, muss Mario sowieso leiden, und zwar richtig, bevor er das Spiel für sich entscheiden kann.

«Ich komme nicht runter», erklärt sie bestimmt.

Und beendet das Gespräch.

Sie wartet eine Weile, dass er wieder anruft.

Nichts, das Telefon bleibt stumm.

Sie wird unruhig, was mag er anstellen?

Sie steht auf, geht in den Rauchsalon.

Auf dem Gehweg gegenüber hantiert Mario, auf dem Motorroller sitzend, mit irgendetwas herum, das sie nicht erkennen kann.

Von Zeit zu Zeit blitzt der Gegenstand auf, den er in der Hand hält, es muss etwas Metallisches sein.

Und als sie sieht, dass Mario sich das Ding an den Mund hält, erkennt sie plötzlich mit Entsetzen, was es ist.

Eine Trompete.

Verflucht, will er jetzt Trompete blasen? Er wird das ganze Viertel aufwecken!

Die werden die Polizei holen! Scheiße! Verdammte Scheiße!

Wenn sie ihn aufhalten will, bleibt ihr nichts anderes übrig, als runterzurennen und ihm aufzumachen.

Er hat gewonnen, keine Frage.

Aber wenn das bloß ein Bluff war?

Wenn er begriffen hat, dass sie ihn heimlich beobachtet, und nur versucht, ihr Angst einzujagen?

Er wird nicht so verrückt sein und …

In diesem Moment dröhnen die ersten Töne des Marsches der Bersaglieri durch die nächtliche Stille.

Mit einem Sprung weicht sie vom Fenster zurück, als wären die Töne umherirrende Geschosse. Sie ist zu Tode erschrocken, hält sich die Hände vor die Ohren.

Dieser Typ gehört ja ins Irrenhaus!

Außerdem spielt er völlig falsch.

Sie fasst sich ein Herz, tritt wieder ans Fenster. Bestimmt wird jetzt etwas passieren, eine Art Aufstand.

Tatsächlich brüllt ein Mann in Unterhose und Unterhemd von einem Balkon des gegenüberliegenden Wohnhauses:

«Wenn du nicht sofort aufhörst, komm ich runter und reiß dir den Arsch auf!»

Von einem anderen Balkon aus sekundiert ihm eine hysterische Alte:

«Ich rufe die Carabinieri!»

Mario trompetet ungerührt weiter.

Da öffnet sich ein dritter Balkon, eine fette Frau erscheint, in der Hand einen Topf, sie beugt sich über die Brüstung und kippt ihn aus.

Sie scheint gut zielen zu können, denn Mario muss aufhören, er hat etwas abgekriegt, und Arianna hofft, dass es Wasser war.

«Danke für die Erfrischung!», ruft Mario.

Und fängt wieder an zu trompeten, begleitet von den Beschimpfungen der Bewohner des Hauses, von denen jetzt sehr viele an den Fenstern stehen.

Urplötzlich bricht Mario ab, steckt die Trompete ein, lässt den Motorroller an und rast davon.

Erst dann hört Arianna eine Sirene, die sehr schnell näher kommt.

Die Carabinieri.

«Er ist in die Richtung abgehauen!», schreit die hysterische Alte.

Arianna hofft, dass sie ihn erwischen und einsperren.

Doch auch wenn sie das nicht schaffen, wird Mario sicher nicht so blöd sein, sich in dieser Gegend noch einmal blicken zu lassen.

Sie geht ins Bett.

Es war Ganzella, der die Sache als Erster ansprach, eines Nachts in ihrem Bett.

«Sag mal, was hast du eigentlich?»

«Ich?»

«Ja, du.»

«Nichts, was soll ich haben? Warum fragst du?»

«Mir war, als hätte ich eine Gummipuppe gevögelt.»

Offenbar kann ihr Körper nicht lügen.

Aber es ist ein Zeichen, dass sie an ihre Grenze gekommen ist.

Ganzella wechselt das Thema.

«Ach ja, ich wollte dir sagen, dass ich am Sonntag jagen gehe.»

Ganzella ist ein echter Jäger, einer vom alten Schlag.

Er besitzt drei Gewehre, und den Samstagnachmittag vor der sonntäglichen Jagd widmet er der Herstellung der Patronen, die er braucht.

Er hat ihr erklärt, dass in die roten Patronen eine Mischung aus Schwarzpulver und Schrotkugeln gefüllt wird, mit der man auch bei starkem Wind sein Ziel trifft, während die grünen für mittlere Windstärken gedacht sind, die blauen für schwache und die gelben für Windstille.

Ist die Zubereitung der Patronen beendet, beginnt die sorgfältige Reinigung des ausgewählten Gewehrs.

Am nächsten Morgen, Ganzella ist aus dem Haus gegangen, um die Zeitungen zu kaufen, ruft sie Vanni an.

«Sonntag geht Ganzella auf die Jagd. Ich bin völlig frei. Wenn du willst, kann ich den ganzen Tag mit dir verbringen.»

«Ich erwarte dich. Komm, so früh du kannst.»

Bei dem langwierigen Ritual der Vorbereitung der Patronen ist ihre Mitarbeit Pflicht.

Nachdem Ganzella die Zutaten abgewogen hat, reicht er ihr die gefüllte Patrone weiter.

Ihre Aufgabe besteht darin, sie erst in die Hülle aus Filz und dann in die aus dünner weißer Pappe zu stecken, worauf die Patrone in die Saummaschine eingelegt wird, einen kleinen Apparat mit einer Kurbel, der in der Hand gehalten werden muss. Zwei-, dreimal muss sie die Kurbel drehen.

Auf diese Weise wird das Endstück der Patrone geknickt und zusammengedrückt, sodass es einen hermetischen Verschluss bildet.

Doch etwas stimmt nicht, Ganzella bemerkt es sofort, als er das Gewehr lädt.

Die Patronen gleiten nicht mühelos durch den Lauf, man muss sie mit Macht hineindrücken.

«Dieses Gewehr ist sehr schmutzig, ich habe es schon zu lange nicht mehr benutzt.»

«Nimm doch ein anderes mit.»

«Nein, es ist besser, wenn ich dieses hier wieder funktionstüchtig mache.»

Er entlädt das Gewehr, nimmt das dafür vorgesehene Stäbchen und einen mit Schmieröl für Waffen getränkten Lappen, säubert ausgiebig beide Läufe und schaut hindurch, indem er das Auge erst an die eine, dann an die andere Mündung legt.

Er scheint nicht besonders zufrieden.

Das Telefon läutet, Ganzella steht auf, um dranzugehen.

Er gibt ihr ein Zeichen weiterzumachen, das Telefonat wird länger dauern.

Ganzella beendet das Gespräch, er hat sie beim Sprechen nicht aus den Augen gelassen, setzt sich, nimmt das Gewehr und lädt es dann.

Trotz der gründlichen Säuberung gibt es noch immer eine leichte Reibung, wenn die Patronen in den Lauf geschoben werden.

Also steht Ganzella auf, geht in sein Arbeitszimmer, kommt mit einer Taschenlampe in Form eines Kugelschreibers zurück. Er setzt sich, knipst die Lampe an.

«Nimm das Gewehr und halt es auf mich gerichtet. Pass auf, es ist geladen.»

Sie hält das Gewehr mit beiden Händen am Kolben fest, die Ellenbogen auf den Tisch gestützt.

Ganzella nähert sein Auge dem ersten Lauf und versucht, mit dem dünnen Lichtstrahl hineinzuleuchten.

Das Klingeln des Handys lässt sie zusammenschrecken.

Sie schaut auf die Uhr. Es ist Viertel nach eins.

«Ciao, Liebste.»

«Wie bescheuert bist du eigentlich?», flüstert Arianna, damit er glaubt, Giulio sei im Haus.

Mario übergeht ihre Frage.

«Sie haben es nicht geschafft. Ich konnte sie abhängen. Aber jetzt bin ich am anderen Ende der Stadt gelandet.»

Er kichert.

«Sie haben mich nicht gekriegt!»

«Freut mich für dich. Vielleicht wäre es besser gewesen, sie hätten dich geschnappt. Du hast eine Lektion verdient. Ist dir eigentlich klar, dass dein geisteskranker Auftritt hier die letzte Scheiße war?»

Mario kichert lauter.

«Das war noch gar nichts.»

O Gott! Was will er tun?

«Was hast du vor?»

«Hör zu, ich fahre gerade zu dir zurück. Wenn ich vor deinem Haus bin, rufe ich wieder an. Du kommst runter und machst mir auf. Einverstanden? Sonst …»

Er macht eine wirkungsvolle Pause.

«Sonst?»

«Sonst werdet ihr, du und deine Nachbarn, ein tolles Feuerwerk mit Raketen und Böllern erleben.»

Sie erstarrt vor Schreck.

«Hallo?», sagt sie mit zitternder Stimme. «Hast du etwa getrunken?»

«Ich trinke keinen Alkohol.»

«Hör mich an, ich bitte dich …»

Sie spricht ins Leere, Mario hat schon abgeschaltet.

Nein, Feuerwerkskörper, nein!

Doch auf einmal merkt sie, dass sie nicht mehr wütend ist.

Unversehens hat sich ein seltsames, leises Gefühl der Befriedigung bei ihr eingeschlichen.

Dass ein Junge bereit ist, echte Verrücktheiten für sie zu begehen, ist eine Neuheit, die ihr im Grunde gefällt.

Doch jetzt gibt es keinen Ausweg mehr; wenn Mario ihr sagt, sie solle runterkommen und aufmachen, muss sie runterkommen und aufmachen.

Auch Vanni hat sich an dem legendären Abend des Empfangs, als sie sich zum ersten Mal gesehen haben, nicht gerade vernünftig verhalten.

Sie hatten einander sofort verstanden, ihre Blicke mussten sich nur wenige Sekunden lang begegnen, damit beide wussten, dass ihr gemeinsames Schicksal feststand.

Darum hätte er auch keinen Grund gehabt, unbedingt aufzufallen, aber er fing gleich an, einen Riesenzirkus zu veranstalten, wie diesen russischen Tanz zu tanzen, bei dem man in die Hocke geht und ein Bein nach dem anderen nach vorn wirft, und dann tanzte er mit dem Kellner Tango.

Ganzella hatte das Fest früh verlassen, denn er wollte am nächsten Morgen auf die Jagd gehen, er hatte sich ein Taxi gerufen und ihr das Auto dagelassen.

Vanni führte sich auf wie ein Besessener, jetzt sang er aus vollem Hals ein Stück aus der Traviata.

Nach einer Stunde hatte auch sie sich zum Gehen entschlossen, müde war sie nicht, aber sie wollte verhindern, dass dieser Mann, von dem sie nichts wusste, obwohl sie ahnte, dass sie schon sehr bald alles über ihn erfahren würde, mit einem Herzinfarkt auf der Tanzfläche zusammenbrach.

Sie war erst zehn Minuten gefahren, da wurde sie überholt, und das Auto stellte sich ihr in den Weg.

Sie hatte gebremst.

Er war ausgestiegen, war lächelnd näher gekommen.

«Ich bin Vanni, und du?»

«Ich bin Arianna.»

«Steig aus, schließ das Auto ab und steig bei mir ein. Keine Angst, wir kommen zurück und holen es ab.»

Sie hatte ohne einen Mucks gehorcht.

Es war zwei Uhr nachts.

Vanni war sofort losgerast, als wäre er auf der Rennstrecke von Indianapolis, eine halbe Stunde lang war er 180 gefahren, auf die Gefahr hin, von einer Streife angehalten zu werden.

Aber auch das hatte ihr gefallen.

Sie waren aus der Stadt herausgefahren, er hatte eine kleine Landstraße genommen und nach einer Weile angehalten.

«Steig aus.»

Sie standen auf einer großen grünen Wiese, die von einem riesigen Mond beleuchtet wurde, die Nacht roch nach frisch gemähtem Gras.

Ein gigantisches weiches Bett, ganz grün.

«Wie hast du diesen Platz entdeckt?»

«Ich bin heute Vormittag hier vorbeigekommen. Und habe gedacht, wie schön es wäre, hier mit der Frau sein, die man liebt.»

Um fünf Uhr morgens war sie nach Hause zurückgekommen.

Ganzella, dessen Wecker auf sechs Uhr stand, schlief wie ein Stein.

Als sie sich auszog, bemerkte sie, dass ihre Haut nach frischgemähtem Gras roch.

«Komm runter».

«Vergiss es.»

«Was meinst du, soll ich das Feuerwerk zünden?»

«Nein, bitte nicht.»

«Dann weißt du, was du zu tun hast.»

«Hör mir gut zu, ich kann nicht sofort runterkommen. Ich brauche noch etwa zwanzig Minuten. Ich muss ganz sicher sein, dass Giulio schläft, verstehst du? Schaffst du es, zwanzig Minuten brav zu sein?»

«Ich werde es versuchen. Du spielst mir doch nicht irgendeinen Streich, oder?»

«Bestimmt nicht!»

«Schwör das.»

«Ich schwöre.»

«Gut, zwanzig Minuten. Keine Minute länger!»

Sie läuft ins Bad, macht sich frisch, wirft den Morgenrock über.

Dann nimmt sie die Garagenschlüssel und geht durch den Hinterausgang hinaus, wo Mario sie nicht sehen kann.

Sie lässt die Schwingtür der Garage aufgehen, die von der Straße aus ebenfalls nicht sichtbar ist, macht das Licht an, blickt sich um.

Sie öffnet die Tür des Volvo und lässt sie offen stehen, damit die Innenbeleuchtung brennt.

Dann knipst sie das Garagenlicht aus.

Als Mario sie plötzlich hinter dem Gartentor auftauchen sieht, kann er einen Freudenschrei nicht unterdrücken und rennt auf sie zu.

Elf

Arianna tritt einen Schritt zurück.

«Versprichst du mir, dass du in einer halben Stunde verschwindest, wenn ich dir aufmache?»

«Sagen wir eine Stunde.»

«Ich habe eine halbe Stunde gesagt.»

«Na gut. Versprochen.»

Arianna öffnet das Tor, Mario schlüpft hindurch, sie schließt es wieder.

Der Junge versucht sofort, sie zu umarmen.

«Hier nicht.»

Sie geht auf die Garage zu.

Mario klebt an ihr, hat seine Hände um ihre Hüften gelegt, er leckt ihren Nacken, drückt sein aufgerichtetes Glied gegen ihre Hinterbacken, schnaubt vor Ungeduld wie ein junger Stier.

«Signora? Signora?»

Sie hört nur eine unendlich weit entfernte Stimme. Was die Stimme sagt, versteht sie nicht.

«Signora! Wachen Sie auf!»

«Hä?»

Arianna antwortet mit geschlossenen Augen, sie kann nichts bewusst wahrnehmen, noch befindet sie sich in einer

Art schwarzem Strudel, aus dem sie mit größter Anstrengung an die Oberfläche gelangt ist.

«Ich habe Ihnen den Kaffee gebracht, wie Sie gewünscht haben, Signora. Es ist acht Uhr. Auf Wiedersehen, ich muss gehen. Wir sehen uns morgen.»

Arianna kann den Gruß nicht erwidern, der schwarze Strudel hat sie wieder eingesaugt.

Um fünf Uhr morgens ist sie ins Bett gegangen.

Doch obwohl sie wieder einschläft, weiß sie, dass ihr, einmal wach, mehr als eine weitere Viertelstunde Schlaf nicht vergönnt ist.

Und tatsächlich klingelt ihr innerer Wecker pünktlich.

Um Viertel nach acht schlägt sie die Augen auf, atmet tief durch und macht Pipi.

Sie mag es, wenn die warme Flüssigkeit aus ihr herausläuft und sie nass macht.

Ein Vergnügen, das sie sich nur sonntagsmorgens erlauben kann, wenn sie allein zu Hause ist.

Sie aalt sich mit geschlossenen Augen in der feuchten Wärme, bis das Pipi kalt wird.

Später wird sie die schmutzigen Laken in der Waschmaschine verschwinden lassen.

Sie richtet sich halb auf, stopft sich die Kissen in den Rücken, trinkt den ekelhaft lauwarmen Kaffee. Danach zündet sie sich die Zigarette an, raucht, versucht aufzustehen und fällt aufs Bett zurück. Ihre Beine schmerzen und fühlen sich an wie Brei.

Sie versucht es ein zweites Mal, es gelingt ihr aufzustehen, sie geht in die Küche, erhitzt den restlichen Kaffee, den Elena in eine Tasse umgegossen hat, und trinkt ihn.

Dann bleibt sie am Tisch sitzen, wartet, dass der Kaffee wirkt.

Kurz darauf klingelt das Telefon, sie geht dran.

Es ist Giulio.

«Wie geht es dir?»

«Gut.»

«Ist Elena schon weg?»

«Ja.»

«Was hast du?»

«Ich habe wenig geschlafen.»

«Wegen der Hitze?»

«Ja.»

«Du musst dich endlich dazu durchringen, dass wir im Schlafzimmer auch eine Klimaanlage einbauen lassen. Ich verstehe wirklich nicht, warum du …»

«Reden wir ein anderes Mal darüber? Ich bin noch ganz benommen.»

«Entschuldige bitte. Ich komme heute Abend zurück.»

«Gut. Wann?»

«Wir müssten um sieben Uhr landen. Wenn der Flug keine Verspätung hat, werde ich zum Abendessen zu Hause sein.»

«Was soll ich dir kochen?»

«Nichts. Wir essen im Restaurant. Bis heute Abend.»

Arianna geht ins Bad.

Sie hat nackt geschlafen, wegen der Hitze, und als sie das Licht anmacht, erblickt sie ihren Körper im Spiegel.

Sie erschrickt.

«Heilige Scheiße!»

Sie ist übersät mit blauen Flecken.

Teils sind die Kanten und Ecken im Volvo daran schuld,

teils sind es die Knutschflecken von Mario. Überall hat sie welche, auch an Stellen, die im Allgemeinen unerreichbar sind.

Obwohl sie drei Stunden tief geschlafen hat, fühlt sie sich kein bisschen erholt, nein, sie ist zu Tode erschöpft, wie ausgeleert.

Mario ist weder Mensch noch Tier.

Er ist eine Naturgewalt. Ein Tsunami. Ein Erdbeben.

Irgendwann schaffst du es nicht mehr, ihm auch nur das Geringste entgegenzusetzen, du kannst dich nur noch hingeben, dich mitreißen lassen.

Dieser Junge ist ein Geheimnis.

Man kann nicht gerade behaupten, dass er athletisch gebaut wäre.

Er ist so mager, dass man seine Rippen zählen kann, und dennoch entwickelt er eine verheerende Kraft und Zähigkeit.

Tatsächlich war sie es, die sagen musste:

«Genug.»

Ein Wort, das sie immer nur von anderen gehört hat.

Auf jeden Fall hat das nächtliche Erlebnis sie eines gelehrt.

Nämlich, dass Mario sich nicht als ein bloßes Abenteuer abtun lässt, das man nach ein paar Tagen vergessen kann.

Nein, Mario zeichnet dich fürs ganze Leben, wie das Vieh, das gebrandmarkt wird.

Und das ist ein großes Problem.

Das spätestens bis heute Abend um sieben gelöst sein muss.

Ach was, sogar noch vor zehn Uhr morgens.

Denn sie hat sich nicht zurückhalten können.

Oder besser, in Wahrheit hat sie ihren Mund nicht halten können, der von selbst gesprochen hat, ohne Befehl vom Gehirn.

Während sie sich voneinander verabschiedeten, hat ihr Mund zu Mario gesagt, wenn er im Lauf des Vormittags wiederkommen wolle, könne er das tun.

Sie wären allein, weil Elena ihren freien Tag hat und Giulio das Haus um sechs Uhr früh verlässt, um auf die Jagd zu gehen.

Giulio hat nie ein Gewehr besessen, er spielt höchstens gelegentlich Golf, doch sie hat ihm aus diesem Anlass den Lieblingssport von Ganzella verpasst.

Mario konnte sein Glück kaum fassen. Er hat ein Wolfsgeheul angestimmt.

«Sei still, du Idiot! Diesmal rufen sie den Katastrophenschutz, wenn sie dich hören!»

«Um Punkt zehn bin ich da.»

Sie verlässt das Bad, und im Ankleidezimmer bleibt sie nur so lange, wie sie braucht, um ein frisches Kleid rauszusuchen. Es ist halb zehn.

Gerade noch genug Zeit, um sich mit Stefania zu beraten. Sie nimmt den Schlüssel zum Dachboden, geht die Treppe hinauf, öffnet, tritt ein, macht das Licht an. Sie geht zu der Stelle, wo die Streichhölzer und die Kerze sind. Zündet die Kerze an. Die Kerze ist fast heruntergebrannt, sie steckt eine neue in den Halter. Sie hat sich zwei Schachteln Kerzen als Vorrat angelegt.

Das Erste, was sie sieht, ist eine fette tote Ratte neben ihrem Stühlchen.

Vor Ratten ekelt sie sich nicht, die sind ihr völlig gleichgültig. Aber es dürfte hier eigentlich keine geben, sie selbst hat vor sechs Monaten Rattengift ausgelegt. Vielleicht ist die Ratte durch die zerbrochene Scheibe in einer der Dachluken hereingekommen, die eigentlich dazu da sind, Licht hindurchzulassen, aber so schmutzig sind, dass sie gar nichts hindurchlassen. Nur Ratten.

Sie blickt sich um.

Zu ihrem großen Erstaunen sieht sie, dass Stefania nicht da ist.

Wo mag sie stecken? Sie ruft nach ihr.

«Stefania!»

In einem undefinierbaren Winkel des Dachbodens ertönt Stefanias Stimme.

«Ich komme nicht ins Ein und Alles!»

«Warum nicht?»

«Die tote Ratte da ekelt mich!»

«Komm schon, Dummerchen!»

«Nein, ich komme nicht!»

«Du weißt, dass ich deine Launen nicht ausstehen kann!»

«Und du, wirf die Ratte weg!»

«Schon gut.»

Auf dem rosa Tischchen liegt eine Frauenzeitschrift, die sie für Stefania gekauft hat, damit sie sich nicht langweilt, wenn sie so lange allein ist. Dann kann sie lesen, wenn sie möchte. Sie reißt eine Seite heraus, legt sie auf die Ratte, ergreift das Tier, durch das Papier geschützt, mit einer Hand, verlässt das Ein und Alles und öffnet die erste Truhe, auf die ihr Blick fällt.

Darin liegen dicke Rollen mit Plastikfolie und Paketklebeband. Sie überlegt, dass sie die Sachen irgendwann mal für das Ein und Alles gebrauchen könnte, und holt sie heraus. Dann wirft sie die Ratte in die Truhe und schließt den Deckel. Sie kehrt ins Ein und Alles zurück.

«Stefania! Du kannst jetzt kommen!»

Sie dreht sich um, und da sitzt Stefania schon am gewohnten Platz.

«Das war vielleicht ein Schreck!», sagt sie.

«Wegen der Ratte?»

«Ja. Es ist gestern Nachmittag passiert. Ich habe ein merkwürdiges Geräusch gehört, bin aufgestanden und nachschauen gegangen. Da war eine Ratte, die den Kuhkopf abnagen wollte. Ich hab mich furchtbar erschrocken, bin wieder reingerannt und hab mich auf deinen Stuhl gestellt. Und nach einer Weile ist die Ratte hier hereingekommen. Aber da ging es ihr schon nicht mehr gut, sie hatte den Kuhkopf angerührt, und ihr Schicksal war besiegelt. Als ich gesehen hab, dass sie tot war, bin ich rausgerannt.»

Ihr Arm ist gefühllos, er schmerzt, also lässt sie Vannis Hand los, um ihn zu massieren.

Vannis Hand fällt auf das Bett zurück wie ein Stein.

Noch im selben Augenblick begreift sie, dass er tot ist, die Krankenschwester muss es ihr nicht mehr bestätigen.

Sie wagt nicht, ihm ins Gesicht zu sehen, eine unbegreifliche Angst überfällt sie.

In diesem Zimmer kann sie nicht bleiben, nicht eine Sekunde länger.

Sie steht auf, läuft hinaus, rennt durch den endlos langen Flur, kommt zitternd beim Fahrstuhl an, drückt auf den Knopf, die

Fahrstuhltür öffnet sich, sie steigt ein, im Erdgeschoss stürzt sie hinaus, läuft weiter in größter Hast zum Parkplatz und kann ihr Auto dort nicht entdecken, nein, man hat es nicht gestohlen, sie ist nur auf die falsche Seite gelaufen und findet sich jetzt nicht mehr zurecht. Da fällt sie weinend auf die Knie.

Zum ersten Mal jagt ein Toter ihr solche Angst ein.

Dabei hat er vor fünf Minuten noch geatmet, sie hat seine Hand in ihren Händen gehalten und von Zeit zu Zeit ganz leise gesagt:

«Bitte, Vanni, verlass mich nicht!»

Von dem Moment an, als der Tumor bei ihm diagnostiziert wurde und man ihm sagte, dass er tödlich sein werde, hat sie ihren Mann keine Minute mehr allein gelassen.

Sie war nur für ihn da, Tag und Nacht, ohne sich zu schonen, so wie sie es bei Großmutter getan hatte.

Doch diesmal vielleicht mit der heimlichen Hoffnung, dass der Kummer und die Anstrengung auch sie umbringen würden.

Oder dass im letzten Moment ein Wunder geschehen würde.

Warum dann diese unbezwingliche Angst?

Bei Vanni hat sie sich nie etwas vorwerfen müssen.

Nein, das ist es nicht.

Sie hat gespürt, dass ein Teil von ihr mit ihm stirbt.

«Was willst du? Bist du gekommen, um mir etwas zu sagen?», fragt Stefania.

«Ich wollte mit dir über diesen Jungen sprechen, über Mario.»

«Sprich.»

«Jetzt habe ich keine Zeit mehr, er kommt gleich.»

«Hierher zu dir?»

«Ja.»

«Aha», sagt Stefania.

Mehr sagt sie nicht.

«Was bedeutet dieses Aha?»

«Dass es ernst ist, wenn du ihn hierherkommen lässt.»

«Es ist ernst, wenigstens ist es das geworden.»

«Seit wann?»

«Seit heute Nacht. Aber vielleicht sollte ich lieber sagen, es ist relativ ernst.»

«Relativ in Bezug auf was?», fragt Stefania maliziös.

«Na, du hast es offenbar schon verstanden. Jetzt muss ich wirklich gehen.»

«Warum stellst du ihn mir nicht vor?»

«Ich werde es mir überlegen.»

Aber sie hat nicht die Absicht, Mario ins Ein und Alles zu bringen. Das fehlte gerade noch, dass er diesen Ort kennenlernt, der nur ihr, ganz allein ihr gehört und den sie nur Simone verraten hat. Sie hat ihn ja sogar vor Giulio geheim gehalten, vor dem sie, bis Mario auftauchte, nie Geheimnisse gehabt hat. Doch Giulio muss trotzdem etwas geahnt haben. Manchmal sagt er:

«Du hast mir nicht alles von dir erzählt.»

Als sie hinuntergeht, lässt sie die Tür zum Dachboden offen stehen.

Sie kann sich nicht verhehlen, dass sie sehr nervös ist. Vielleicht macht sie alles falsch. Nein, kein Vielleicht.

Mario einzuladen, während sie allein im Haus ist, war ein großer Fehler, der schwerwiegende Konsequenzen haben kann. Jetzt wird ihr das vollkommen klar.

Das ist einer von den Typen, die sich die ganze Hand nehmen, wenn du ihnen den kleinen Finger reichst. Er wird immer mehr von ihr verlangen.

Der würde sogar noch wollen, dass sie es im Wohnzimmer tun, während Giulio nebenan schläft.

Aber sie kann nichts dagegen machen, sie muss noch einmal mit Mario zusammen sein, einmal noch wenigstens, ihr Körper verlangt heftig danach, lässt sie spüren, wie dringend das Bedürfnis ist.

Es ist schon zehn. Warum lässt er nichts von sich hören?

Sie geht ins Wohnzimmer hinunter, stellt sich ans Fenster des Rauchsalons und späht hinaus.

Mario ist nicht zu sehen.

Fünf Minuten bleibt sie am Fenster stehen, dann raucht sie eine Zigarette, wartet weiter ungeduldig auf seine Ankunft.

Er kommt nicht.

Eine Unruhe überfällt sie, die sich durch nichts besänftigen lässt, das weiß sie.

Was kann sie tun, um die Zeit totzuschlagen? Sie geht in die Küche, öffnet den Kühlschrank. Samstagabends bereitet Elena gewöhnlich das Sonntagsessen für sie und Giulio vor. Es muss nur noch aufgewärmt werden. Reisauflauf, Schweinebraten, Salat.

Sie deckt den Tisch in der Küche. Für eine Person.

Das Handyklingeln lässt sie zusammenschrecken. Ein Klingeln nur, dann verstummt es.

Wieder nur ein Klingeln, dann Stille.

Es ist die Nummer des Verrückten. Wahrscheinlich hat er sein Handyguthaben fast aufgebraucht.

«Entschuldige, entschuldige, entschuldige!»

«Was ist denn passiert?»

«Mama hat vergessen, mich zu wecken. In spätestens einer Stunde bin ich bei dir. Verzeihst du mir?»

«Versuch, nicht noch mehr Zeit zu verlieren.»

Verdammt, er vergeudet wertvolle Stunden.

Nach einer halben Stunde, die sie damit verbracht hat, Möbel abzustauben, klingelt das Handy wieder. Es ist Gemma.

«Ist Giulio zurück?»

«Nein, aber er kommt bald.»

«Aha, gut. Wenn du allein gewesen wärst, hättest du zum Mittagessen zu mir kommen können.»

«Danke, nächstes Mal gerne. Ciao.»

Sie spürt Krämpfe im Unterleib.

Wieder nur ein Klingeln. Der Idiot. Sie geht dran.

«Es fährt nicht los. Nichts zu machen.»

«Was?»

Jetzt schreit er verzweifelt.

«Das Mofa. Es fährt einfach nicht los.»

«Lass es stehen, ruf ein Taxi.»

«Ich habe fast kein Guthaben mehr auf dem Handy und keinen Cent in der Tasche.»

«Egal, ich erwarte dich am Tor und bezahle das Taxi.»

«Und wie rufe ich es?»

«Von zu Hause aus.»

«Aber Mama ist da! Wenn die hört, dass ich ein Taxi rufe, dreht sie durch.»

«Dann ruf es von einer Telefonzelle aus an.»

«Mensch, ich sage doch, dass ich kein Geld habe!»

«Gibt es keinen Taxistand in der Nähe?»

«Nein.»

«Wo zum Henker wohnst du denn? Am Arsch der Welt?»

«So ungefähr.»

«Sag mir, wo du bist, ich komm dich holen.»

«Nein.»

«Warum nicht?»

«Wenn Mama dich sieht ...»

Fahrt doch beide zur Hölle, du und deine Mama.

«Gibt es irgendeine Scheißbar in der Nähe?»

«Ja.»

«Warte vor der Bar auf mich und erklär mir genau, wo du wohnst.»

Zwölf

Sie läuft zum Ankleideraum, zieht ein Paar Jeans und eine Bluse an.

Die Krämpfe sind schmerzhaft geworden.

Sie geht hinunter in die Garage, steigt in den Volvo und fährt los. Es wird eine halbe Stunde dauern, bis sie bei Mario ist. Zum Glück sind kaum Autos auf der Straße, die Leute sind alle ans Meer gefahren.

Sie ist ganz auf die Strecke konzentriert, passt auf, dass sie sich nicht verfährt.

Und da steht er plötzlich, der Idiot, vor der Bar.

Sie hat fünfundzwanzig Minuten gebraucht. Für die Rückfahrt wird sie noch mal fünfundzwanzig Minuten brauchen. Und was ist dabei herausgekommen? Der Vormittag ist verloren.

Sie bremst, öffnet die Wagentür.

«Steig ein.»

Mario setzt sich mit zerknirschter Miene. Arianna schießt mit quietschenden Reifen los.

«Vergibst du mir?»

«Halt den Mund.»

Nach einer Weile sagt sie:

«Darf ich dich mal was fragen?»

«Ja.»

«Was hast du eigentlich mit dem Geld gemacht, das du von Giulio bekommen hast? Das war ja nicht gerade wenig.»

«Ich habe es Mama gegeben.»

Sie staunt.

«Hast du ihr auch gesagt, wie du es verdient hast?»

«Das nicht. Ich habe ihr erzählt, ich hätte eine Brieftasche auf der Straße gefunden.»

Braver Junge!

Das war ja zu erwarten, vor der Einfahrt steht das Ehepaar Barigozzi, beide neunzig Jahre, die kommen sicher aus der Sonntagsmesse, und jetzt machen sie ihre übliche kleine Pause, bevor sie die Straße überqueren und in das Wohnhaus gegenüber gehen. Nicht mehr ganz beieinander, aber noch erstaunlich gute Augen und darum gefährlich.

Sie fährt langsamer.

«Duck dich, so tief du kannst.»

Mario krümmt sich am Boden zusammen.

Arianna nimmt die Fernbedienung für das Gartentor und hupt vorsichtig. Die Barigozzis schrecken zusammen, als wäre eine Bombe explodiert, dann machen sie, einander vorwärts schiebend, zitternd Platz. Sie fährt millimetergenau durch das halb geöffnete Tor und parkt das Auto in der Garage.

Kaum hat sich das Tor geschlossen, stürzt Mario sich auf sie, umarmt sie fast knurrend, zieht sie an sich, sucht wie wild ihren Mund.

Arianna ist darauf gefasst, dass sie ihn abwehren muss. Obwohl es sie eine ungeheure Willensanstrengung kostet. Wenn es nur nach ihrem Körper ginge, würde sie es gleich hier tun, auf dem Boden. Sie schiebt ihn von sich.

«Nein, hier nicht.»

Sie hat keine Lust, diesen verfluchten Vormittag mit einem Quickie im Auto zu krönen. Ein paar Minuten kann sie noch durchhalten. Zwar ist es wegen dieses Versagers inzwischen Mittag geworden, doch ein paar Stunden bleiben ihnen noch, genug Zeit also, um es in aller Ruhe zu machen.

Sie gehen aus der Garage.

Kaum sind sie draußen, fängt es an zu regnen. Das Wetter ist innerhalb weniger Minuten umgeschlagen. Sie betreten die Villa durch den Hintereingang.

«Möchtest du was essen?»

«Ja. Dich.»

Arianna geht die Treppe hinauf, hinter sich Mario, der förmlich an ihr klebt. Sie verliert fast das Gleichgewicht.

«Hey, Blödmann, du wirfst mich noch um.»

Sie öffnet die letzte Tür des Flurs, es ist das Gästezimmer. Das immer in Ordnung gehalten wird, obwohl Giulios paar entfernte Verwandte nur sehr selten zu Besuch kommen. Hier steht ein großes Ehebett. Die Luft im Zimmer ist frisch, denn das Fenster geht auf den Garten.

«Hier?», fragt Mario.

Er scheint enttäuscht zu sein.

«Ja.»

Mario verzieht den Mund.

«Möchtest du, dass wir ins Grand Hotel gehen?», fragt sie ironisch.

«Nein, aber …»

Der Junge rührt sich nicht, als hätte ihn schlagartig aller Elan verlassen. Arianna will nicht noch mehr Zeit damit verlieren, ihn zu fragen, was ihm nicht passt, sie geht zu ihm, streift ihm das Hemd ab, zieht den Reißverschluss seiner Hose auf, fängt an, seine Brust zu küssen.

Er wehrt sich nicht, lässt die Arme hängen und hat sogar seinen kindlichen Schmollmund aufgesetzt. Reizend, ja, aber in diesem Moment völlig unangebracht.

«Was ist los mit dir?»

«Hier gefällt es mir nicht.»

«Hätte es dir im Volvo besser gefallen?»

«Nein.»

«Wo willst du es dann tun?»

«In deinem Bett.»

Sie verstummt einen Augenblick.

Wenn Giulio das herausbekäme, würde es ihm überhaupt nicht gefallen. Er würde es als eine doppelte Kränkung auffassen, und das zu Recht.

Doch wenn Mario sich darauf versteift …

Sie versucht eine schwache Gegenwehr.

«Das Bett ist nicht gemacht!»

«Was kümmert mich das?»

«Na gut.»

Das Erste, was Arianna beim Eintreten sieht, ist die eine unbenutzte Seite des Bettes. Ein Zeichen, dass dort niemand geschlafen hat. Wenn Mario das merkt, waren alle Lügen, die sie über die Anwesenheit ihres Mannes erzählt hat, für den Arsch.

Und sie wird noch mehr Zeit damit verlieren, ihn zu besänftigen.

Dann entdeckt sie, dass auf ihrer Seite noch der große Fleck Pipi im Laken ist, die Hitze hat ihn nicht trocknen können.

Zum Glück sieht Mario gar nichts.

Er hat ihr die Jeans und die Unterhose heruntergezogen und kniet nun vor ihr.

Es regnet noch immer.

An einem Regentag wie diesem war sie mit Großmutter zusammen.

Als die beiden aus dem Haus gegangen waren, hatte noch eine schöne Augustsonne geschienen, dann erhob sich ganz plötzlich ein kalter Wind, am Himmel zogen graue Wolken auf, und die ersten Tropfen fielen.

«Großmutter, warum stellen wir uns nicht unter?»

«Keine Sorge, es wird bald aufhören zu regnen, die Sonne wird zurückkommen und uns wieder trocknen. Dies ist ein dummer Regen.»

Und genau so kam es.

Später hatte ihr Großmutter erklärt, dass es drei Arten Regen gibt: den guten, den bösen und den dummen. Der dumme war der, der am Morgen heruntergekommen war.

«Warum ist er dumm?»

«Er ist dumm, weil er nichts ausrichtet, er feuchtet den Boden nur ein bisschen an, aber so wenig, dass die Erde gar keine Erfrischung dabei spürt. Im Gegenteil, er ist sogar schlecht für die Erde, weil er sie erst reizt und dann gar nichts bewirkt. Er weckt in ihr ein großes Bedürfnis nach gutem Wasser, ohne es befriedigen zu können.»

«Und was ist der gute Regen?»

«Der gute ist der, der im rechten Moment kommt, nämlich wenn die Erde ihn braucht, dann fällt er vom ersten Moment an stark, dicht und verlässlich. Und dauert ohne Unterbrechung stundenlang an. Diese Art Regen mag die Erde sehr. Denn er begnügt sich

nicht damit, ihr die Haut zu benetzen, sondern dringt langsam immer tiefer in ihr Reich, bis zu den Wurzeln, auch den verborgensten, die dadurch belebt werden und sich wieder stark fühlen. Genauso wie die Samen, die nur darauf gewartet haben. Voller Freude öffnen sie sich alle auf einmal. Das gute Wasser bringt der Frühling.»

«Und der böse?»

«Der böse Regen ist wild, wütend und missgünstig. Er ist so gewalttätig, dass er die Blätter von den Bäumen reißt, die Blumen köpft, das Gras zerdrückt. Ja, er richtet nur Schaden an und tut nichts Gutes. Manchmal verwandelt er sich in Hagel. Der ist sehr böse und zerstört alle Ernten.»

Die Möglichkeit, dass es eine vierte Art Regen geben könnte, der dem Anschein nach böse ist, in Wirklichkeit aber gut, sehr gut sogar, die hat Großmutter nicht vorhergesehen.

Denn dieser Regen hat sie ganz durchtränkt, er ist in sie eingedrungen und hat eine Wurzel berührt, die tief in ihr vergraben und ganz verborgen war. Sie wusste ja nicht einmal, dass es diese Wurzel gab.

«Wie spät ist es?»

Sie hat keine Lust, sich zu der Uhr auf dem Nachttisch umzudrehen. Und ihre eigene Stimme erkennt sie fast nicht wieder.

«Vier Uhr», sagt Mario.

Er umarmt sie abermals.

Als sie klein war, half sie der Großmutter gerne beim Brotbacken. Großmutter schob das Mehl zu einem kleinen Berg zusammen, und dann machte sie oben ein Loch hinein wie den Krater auf den Vulkanen. Ariannas Aufgabe war es, ein bisschen Hefe, die in warmem Wasser aufgelöst wurde, aus einer Tasse in den Krater zu gießen. Dann fing Großmutter an, das Mehl mit den Händen zu kneten, wobei sie Arianna manchmal bat, ein wenig mehr Hefe hinzuzufügen. Den gekneteten Brotteig legte sie in zwei große Servierschüsseln, stellte sie neben den erloschenen Kamin, wo sie vor Luftzug geschützt waren, und bedeckte sie mit einer Wolldecke. Ariannas nächste Aufgabe, und die mochte sie besonders gern, bestand darin, zu kontrollieren, ob der Brotteig aufging. Sie lüpfte dazu einen Zipfel der Decke. Wenn der Teig um das Dreifache gewachsen und zu einer kompakten, ausgereiften Masse geworden war, sagte sie Großmutter Bescheid, dann trug diese die Schüsseln in die Küche zurück und schnitt mit dem Messer Stücke vom Teig ab, die sie zu kleinen Brotlaiben formte. Die schob sie dann in den Ofen.

Jetzt fühlt sie sich ausgereift, aufgegangen wie ein Brotteig.

Ein herrliches, ein neues Gefühl, wie sie es noch nie verspürt hat, nachdem sie mit einem Mann zusammen war.

Sie blickt auf die Uhr. Halb sechs.

Kann es sein, dass sie eingeschlafen ist, ohne es zu merken? Ja, möglich, denn auch Mario, der mit dem Gesicht auf ihren Brüsten liegt, scheint eingeschlafen zu sein.

Sie braucht noch ein bisschen Zeit, bevor Giulio ankommt, sie muss das Schlafzimmer in Ordnung bringen, in der Küche eine Portion Reisauflauf und eine Scheibe Schweinebraten wegwerfen, damit es so aussieht, als hätte sie gegessen, sie muss ein Bad nehmen, damit sie vorzeigbar ist.

Logischerweise müsste sie sich beeilen, obwohl Logik

mit dem Ganzen wenig zu tun hat, man sagt besser, im Licht des gesunden Menschenverstands, nein, das auch nicht, mit gesundem Menschenverstand hat das Ganze noch weniger zu tun, jedenfalls wäre es besser, wenn sie Mario weckt und nach Hause schickt.

Aber dazu hat sie keine Lust.

Noch fünf Minuten so liegen. Davon wird die Welt schon nicht untergehen.

Ihr Körper sagt ihr, dass sie es ohne Mario nicht bis Donnerstag aushalten wird, dem einzigen Tag, an dem sie sich wiedersehen können.

Sie kennt sich gut.

Nervös würde sie werden, bissig, unerträglich. Alles würde ihr misslingen. Und am Ende würde Giulio merken, dass etwas nicht stimmt.

Was folgt daraus?

Das Problem ist ganz und gar nicht gelöst, sie hatte es ja geahnt. Im Gegenteil, diese Geschichte mit Mario ist noch komplizierter geworden.

«Meine Güte, wie kompliziert das Leben ist!», hat sie eines Tages ausgerufen, nachdem sie im Fernsehen die Geschichte eines Mannes gehört hatte, der sich in absurde Rechtsstreitigkeiten verwickelt hatte.

Giulio, im Sessel neben ihr, hat erwidert:

«Das stimmt nicht, am Anfang war die Geschichte ganz und gar nicht kompliziert. Der Mann, der jetzt als Opfer dasteht, hat sich das Leben selbst schwergemacht. Er hat es versäumt, auf einen Brief zu antworten, und damit seinen eigenen Untergang heraufbeschworen. Ein wenig gleicht er dir.»

«Willst du damit sagen, dass ich mir die Probleme geradezu suche?», hat sie pikiert geantwortet.

«Du suchst sie dir nicht, du bist *einfach ein kompliziertes Wesen.»*

Sie hat beleidigt reagiert.

«Ich bin eine Bäuerin!»

«Na und?»

«Bauern sind nicht kompliziert.»

«Dann bist du eben die Ausnahme, die die Regel bestätigt.»

Sie hat nicht lockergelassen.

«Sag mir, bei welcher Gelegenheit ich kompliziert war.»

«Du wirkst vielleicht nicht kompliziert, aber du bist es. In deinem tiefsten Inneren. Ich spüre bei dir etwas wie einen ständigen Kampf zwischen Widersprüchen, den du sehr gut verbergen kannst. Aber in dir, Arianna, gibt es ein richtiges Labyrinth, voll dunkler Ecken, Sackgassen und Abgründen.»

«Du übertreibst!»

«Du willst es nicht wahrhaben. Aber lass dir gesagt sein, dass ich mich niemals dort hineinwagen werde, auch dann nicht, wenn du mir deinen Ariadnefaden gibst. Ich hätte Angst, deinem Minotaurus zu begegnen. Ich bin nicht Theseus.»

Wovon spricht er?

«Wer ist das alles?»

«Wer?»

«Theseus, der Minotaurus …»

Sie kannte die mythische Erzählung nicht.

«Hast du denn nichts in der Schule gelernt?»

«Doch, aber das hier habe ich vergessen.»

Giulio hatte ihr die Geschichte erzählt.

Noch eine Minute länger im Bett zu bleiben, wäre Wahnsinn.

«Mario? Mario?»

Sie rüttelt ihn sanft. Der Junge wacht sofort auf. Er küsst ihre Brüste. Dann stürzt er sich auf sie. Er ist bereit, sofort weiterzumachen.

«Nein, Mario, es ist keine Zeit mehr, lass das.»

«Wie viel Uhr ist es denn?»

«Sechs.»

«Was hat er gesagt, wann er zurückkommt?»

«Um sieben. Und er ist immer pünktlich.»

«Machen wir schnell, nur eine Viertelstunde?»

Wenn sie ihn so hört, kann sie nicht nein sagen.

Danach flüstert Mario ihr ins Ohr:

«Ich will nicht gehen. Ich will die Nacht mit dir verbringen.»

Arianna sagt das Erste, was ihr einfällt:

«Und was erzählst du deiner Mutter?»

«Ich sage, dass ich bei einem Klassenkameraden schlafe, damit wir bis spätabends für die Schule lernen können. Das habe ich schon öfter gemacht.»

«War es da die Wahrheit?»

«Hm, fast. Zweimal nicht.»

«Ich verstehe. Die beiden Nächte hast du bei deiner Freundin verbracht?»

«Ich hatte noch keine Freundinnen.»

«Wirklich? Noch nie?»

«Noch nie.»

Das macht sie neugierig.

«Aber du wirst doch schon mal mit einem Mädchen geschlafen haben.»

«Nein. Du bist die Erste. Ich schwöre es.»

Dabei hat er in der Badekabine nicht die kleinste Unsicherheit gezeigt.

Wer weiß, warum, aber bei diesem Geständnis überschwemmt sie eine Welle der Rührung. Sie umarmt ihn fest. Und er:

«Schick mich nicht weg.»

«Wie soll ich das machen? Ich würde dich ja gerne dabehalten, aber wir müssen vernünftig sein. In wenigen Minuten kommt Giulio zurück.»

Es ist, als hätte sie gegen eine Wand gesprochen.

«Bitte, bitte, bitte, bitte …»

Sie antwortet nicht, denkt konzentriert nach.

Sie könnte ihn in der Garage verstecken. Giulio kommt nicht mit seinem Auto, er wird von einem Firmenwagen nach Hause gebracht, also hat er keinen Grund, in die Garage zu gehen.

O nein, er hat gesagt, sie essen im Restaurant, also werden sie das Auto brauchen.

Mario bettelt.

«Nur diese eine Nacht, bitte. Ich verspreche dir hoch und heilig, danach werde ich dich nicht mehr belästigen, ich werde mich nicht bei dir melden, du rufst mich an, wenn du möchtest. Aber bitte lass mich heute Nacht noch einmal mit dir zusammen sein!»

«Hör zu, geh ins Bad, wasch dich und zieh dich an. Ich überlege inzwischen, was ich tun kann.»

«Wirklich?»

Mario küsst sie, er ist glücklich. Und geht ins Bad.

Dreizehn

Sie könnte ihn auf der Terrasse verstecken. Nein, das kann sie ihm nicht antun. Es regnet noch immer.

Im Arbeitszimmer? Völlig ausgeschlossen, da geht Giulio andauernd hinein.

Ach ja, es gibt eine Lösung. Ihn ins Gästezimmer stecken.

Nein, auch das wäre ein Fehler. Dort hat Giulio Anzüge im Schrank hängen, er könnte Lust bekommen, einen von ihnen anzuziehen, und dann knallt's.

In Elenas Zimmer, die nicht vor sieben Uhr am Montag zurückkommt? In das Zimmer ist Giulio noch nie gegangen.

Sehr gut, das ist die Lösung.

Und wenn Giulio tief schläft, wird sie zu Mario rübergehen.

Aber sie müssen sich mit einem Stündchen begnügen, sie kann unmöglich die ganze Nacht bei ihm verbringen. Zu gefährlich.

Im Haus läutet das Telefon. Es ist zehn nach sieben. Scheiße, schon so spät! Sie stürzt nach unten.

«Ciao. Ich bin gerade angekommen», sagt Giulio.

«Alles in Ordnung?»

«Alles in Ordnung. Ich wollte dir sagen, dass ich etwas später nach Hause komme.»

Ihr entfährt ein Seufzer der Erleichterung.

«Warum?»

«Cesari ist mit dem Firmenwagen gekommen. Wir müssen über die Situation in Deutschland sprechen und beschließen, wie es morgen früh weitergeht. Ich werde höchstens eine knappe Stunde brauchen. Wir gehen halt später ins Restaurant. Entschuldige bitte.»

«Du bist entschuldigt.»

Sie geht nach oben, Mario kommt angezogen aus dem Bad.

«Hilf mir, das Bett zu machen.»

Das Wort «Bett» übt prompt seine Wirkung auf Mario aus, er umarmt sie von hinten.

«Bevor wir es noch mal machen ...»

«Wie bescheuert bist du eigentlich? Giulio ist im Anmarsch, er hat vom Flughafen aus angerufen.»

«Von welchem Flughafen? Ist er nicht auf die Jagd gegangen?»

«Ja, aber in Pisa.»

Die Lüge ist ihr mit größter Selbstverständlichkeit über die Lippen gekommen. Mario fällt drauf rein.

«Und wo verstecke ich mich?»

«Ich zeig's dir.»

Sie machen das Bett.

«Komm mit.»

Sie öffnet die Tür am Ende des Flurs. Dahinter befindet sich eine kleine Wohnung, die aus einem Zimmer und einem Bad besteht.

«Hier wirst du dich wohl fühlen. Es ist das Zimmer unseres Hausmädchens.»

Sie drückt die Klinke herunter, aber die Tür öffnet sich nicht.

Sie ist abgeschlossen, und der Schlüssel steckt nicht.

Diese dämliche Elena!

Glaubt die blöde Kuh etwa, dass sie hier in ihren billigen Klamotten herumwühlen würde?

Wetten, die Schlampe hat auch noch den Schlüssel mitgenommen?

Sie rennt nach unten, um nachzusehen, ob Elena den Schlüssel nicht vielleicht doch ans Brett neben der Tür gehängt hat.

Er ist nicht da.

Arianna ist wütend, aber da ist nichts zu machen. Sie muss die Situation akzeptieren, obwohl eine verzweifelte Stimme in ihr schreit: nein, nein, nein …

«Tut mir leid, du musst gehen. Und zwar schnell.»

Alles hat sie erwartet, nur nicht, dass Mario anfängt zu weinen. Zwei dicke Tränen rollen ihm über die Wangen.

Schlagartig verfliegt ihr Zorn, jäh überkommt sie eine große Zärtlichkeit. Mario benimmt sich wirklich wie ein kleiner Junge, dem man soeben die Bonbons weggenommen hat.

Jetzt bleibt nur noch eins übrig.

Sie zögert kurz.

«Kannst du ein Geheimnis für dich behalten?»

«Was für ein Geheimnis?», fragt Mario erstaunt.

«Meins.»

«Natürlich.»

«Komm mit.»

Sie öffnet die Tür zum Dachboden, Mario ist dicht hinter ihr. Drinnen ist es dunkel. Durch die Dachluken fällt ohnehin kein Licht, und der Himmel ist bedeckt. Arianna dreht am Lichtschalter, doch von den beiden Glühbirnen geht nur eine an. Die andere scheint durchgebrannt zu sein. Mario betrachtet staunend die ungeheure Menge an Gegenständen und Möbeln, die den Dachboden füllen, sie wirken wie eine undurchdringliche Masse.

«Wohin willst du denn?», fragt er unsicher.

«Bis zur hinteren Wand.»

«Kommt man hier überhaupt durch?»

«Na klar. Gib mir deine Hand.»

Giulios Geschichte von dem Labyrinth fällt ihr ein. Ja, das hier ist auch ein Labyrinth, aber ein kleines, häusliches, und sie kennt den Weg ganz genau, auf dem man rein- und wieder rauskommt.

«Ich sehe gar nichts mehr», sagt Mario.

Arianna lässt seine Hand los, sucht tastend nach der Schachtel Streichhölzer, findet sie, zündet die Kerze an, nimmt wieder Marios Hand, die jetzt ganz verschwitzt ist.

«Pass auf den Kopf auf.»

Unwillkürlich hebt Mario den Blick, schaut nach oben und sieht nichts, an dem man sich den Kopf stoßen könnte. Arianna bemerkt seine Bewegung.

«Ich meinte, pass auf den Kuhkopf auf.»

Mario senkt die Augen, sieht den Schädel und macht einen Sprung nach hinten, wobei er Ariannas Hand loslässt.

«Was ist das denn?», fragt er mit einem leichten Zittern in der Stimme.

«Hab ich dir doch gesagt, das ist ein Kuhkopf.»

«Und warum liegt der hier?»

«Er beschützt mein Geheimnis. Mach es so wie ich, steig einfach darüber, aber pass auf, dass du ihn nicht berührst.»

«Was soll denn passieren, wenn ich ihn berühre?»

«Du stirbst.»

Mario verstummt und folgt ihr, zunehmend befremdet und eingeschüchtert.

Arianna stellt den Kerzenhalter auf das Tischchen.

«Dies ist mein Ein und Alles.»

Sie geht zu dem Jungen, streicht mit ihren Lippen über seinen Mund.

«Du bist der erste Fremde, der hier hereinkommt. Nein, sagen wir, der erste Mann. Willkommen. Jetzt stelle ich dir jemanden vor ...»

Sie blickt sich um, Stefania ist nicht auf ihrem Platz, sie hat sich versteckt, vielleicht will sie Mario beobachten, ohne gesehen zu werden.

«Wen wolltest du mir vorstellen?»

«Eine Freundin.»

«Du willst doch nicht etwa behaupten, dass sie hier oben lebt?»

«Doch. Warum?»

«Du spinnst wohl, erzähl mir nicht so einen Scheiß!»

Sie wird ärgerlich.

«Ich erzähl keinen Scheiß! Jetzt gehe ich sie suchen!»

«Nein! Lass mich nicht allein!»

«Dann rufe ich sie eben. Stefania! Stefania!»

«Ich komme gleich», antwortet Stefania von draußen.

«Hast du gehört? Sie kommt gleich.»

«Ich habe gar nichts gehört», sagt Mario. «Und Schluss jetzt mit dem Quatsch!»

Sie wird wütend.

«Das ist kein Quatsch, und wenn du das noch einmal sagst, schlag ich dir die Fresse ein! Verstanden?»

«Ja», sagt Mario verängstigt.

«Na also. Und nun hör mir zu. Ich gehe jetzt nach unten, hole ein bisschen was zu essen und bringe es dir. Du bleibst hier und wartest auf mich. Du wirst dich nicht langweilen, früher oder später wird Stefania aus ihrem Versteck kommen und dir Gesellschaft leisten. Sie ist sehr nett, glaub mir. Gegen Mitternacht komme ich wieder hoch, und wir sind ein bisschen zusammen. Einverstanden?»

«Nein», sagt Mario. «Ich bleibe hier nicht allein.»

«Warum nicht?»

«Ich fürchte mich hier oben.»

«Aber es ist mein Ein und Alles!»

«Kann ja sein, aber ich finde es beschissen hier oben.»

Da fällt ihr auf einmal Felice ein. Der Tag, als sie beschlossen hatte, ihm das Ein und Alles zu zeigen. Wie viele Jahre sind seitdem vergangen? Siebenundzwanzig? Sechsundzwanzig?

Egal. Felice war jedenfalls mindestens zwei Jahre älter als sie. Tatsache ist, dass er unausstehlich wurde, kaum dass er das Ein und Alles betreten hatte.

«Oha, was für ein schönes Schloss, Prinzessin! Kommt dich hier der Märchenprinz besuchen?»

Dann hatte er das Spinnenmännchen Bertoldo entdeckt.

«Und wer ist das da? Einer von den sieben Zwergen oder ein Kobold?»

Und plötzlich hatte er die Hand gehoben, um Bertoldo an der Wand zu zerquetschen.

Da hatte sie einen Stein genommen und ihm damit einen gewaltigen Schlag auf seinen Schwanz versetzt. Und ihn dann mit einer Kraft, die sie gar nicht an sich kannte, nach draußen gestoßen. Schwankend war Felice über den Kuhkopf gestolpert und rücklings zu Boden gefallen, wobei er mit dem Nacken an einem Felsbrocken aufschlug. Sie hatte sofort gesehen, dass er tot war.

Was war das für eine Mühe, den Körper bis zum Fluss zu schleifen und hineinzuwerfen!

Zum Glück war dem Spinnenmännchen Bertoldo nichts geschehen.

Gerade will sie Mario etwas entgegnen, als sie Stefania hinter dem Schrank hervorgucken sieht.

«Bitte, Stefania, lass uns noch einen Moment allein.»

Mario dreht sich mit einem Ruck um. Dann blickt er sie an. Jetzt ist er ernsthaft besorgt.

«Mit wem zum Teufel redest du eigentlich?»

«Mit Stefania.»

«Aber hier ist niemand!»

«Vorhin war sie da.»

«Hör mal», sagt Mario. «Bitte sei mir nicht böse, aber ich habe meine Meinung geändert.»

«Nämlich?»

«Lass uns runtergehen, dann verschwinde ich.»

«Du willst die Nacht nicht mit mir verbringen?»

«Nein, ich habe keine Lust mehr.»

«Und was wird aus mir?»

«Wir wollen nicht streiten, lass uns hier weggehen.»

«Ich lasse dich nicht gehen», sagt Arianna. «Jetzt gehörst du mir.»

Und sie bläst die Kerze aus.

Das hat gedauert, bis sie Mario überredet hat zu bleiben!

Als Giulio endlich ankommt, steht sie an der Tür, um ihn zu empfangen, fertig zum Ausgehen.

Sie küssen sich.

«Bist du müde?»

«Ein bisschen. Aber gib mir zehn Minuten, ich dusche schnell, ziehe mir was anderes an, dann fahren wir ins Restaurant.»

Arianna macht den Fernseher an, eine Diskussion über Euthanasie, aber sie ist zerstreut, hört kaum zu, dann kommt Giulio herunter.

«Lass uns den Volvo nehmen», sagt Arianna. Sie möchte ihren und Marios Geruch riechen.

«Wohin gehen wir?», fragt sie.

«Ins Zentrum, zu Moresco.»

Das ist das schickste Restaurant der Stadt.

«Warum zu Moresco?»

«Wir müssen das Ergebnis meiner Berliner Mission feiern.»

«Ist es gut gelaufen?»

«Besser, als ich dachte.»

Mehr sagt er nicht, denn er weiß, dass Arianna von diesen Dingen nichts versteht und darum auch nicht mehr davon hören will.

«Was hast du unternommen?», fragt Giulio plötzlich.

«Was soll ich schon unternommen haben? Heute bin ich den ganzen Tag zu Hause geblieben.»

«Das meinte ich nicht.»

«Was hast du dann gemeint?»

«Wie hast du es fertiggebracht, noch schöner zu werden? Du bist wunderschön. Glaub mir, das habe ich mich sofort gefragt, als ich dich gesehen habe. Was hast du gemacht? Bist du in einen Schönheitssalon gegangen?»

«Wie kommst du denn darauf? In so was bin ich noch nie gewesen!»

«Na, dann tut meine Abwesenheit dir offenbar gut, sie lässt dich aufblühen.»

«Rede keinen Unsinn.»

Das Abendessen ist ausgezeichnet. Sie trinken zwei Flaschen Champagner.

Dann fahren sie nach Hause zurück.

Giulio geht als Erster ins Bett, dann Arianna. Ihr Mann umarmt sie.

«Meine Liebste.»

«Mach das Licht aus.»

«Warum?», fragt Giulio erstaunt.

«Heute möchte ich es mal so haben.»

Giulio gehorcht.

Sie zieht sich das Nachthemd aus. Im Dunkeln kann Giulio die blauen Flecken auf ihrem Körper nicht sehen.

Hinterher schläft Giulio fast sofort ein.

Sie wartet ungeduldig, dass sein Schlaf tiefer wird, damit sie endlich zu Mario gehen kann.

Giulio hat ihre Lust auf den Jungen verstärkt.

All ihre Nerven sind schmerzhaft gespannt. Ihre Brüste tun weh. Endlich hat sie das Gefühl, aufstehen zu können, ohne ein allzu großes Risiko einzugehen. Auf Zehenspitzen verlässt sie das Zimmer, öffnet die Tür zum Treppenhaus, geht hinauf und betritt den Dachboden. Sie kennt das Labyrinth in- und auswendig, sie muss kein Licht machen. Sie kommt zum Kuhkopf. Im Ein und Alles herrscht völlige Dunkelheit. Merkwürdig, dass Mario die Kerze nicht angemacht hat.

«Mario?»

Keine Antwort. Er wird eingeschlafen sein.

«Stefania?»

«Hier bin ich.»

Gut, wenigstens hat sie Mario Gesellschaft geleistet.

Arianna spürt etwas Klebriges unter ihren bloßen Füßen. Sie ist ganz nackt, hat das Nachthemd nicht wieder angezogen.

«Was ist hier ausgekippt?»

«Nichts ist ausgekippt», antwortet Stefania.

«Aber da ist was auf dem Boden!»

«Natürlich ist da was.»

«Was ist es denn?»

«Mach die Kerze an und sieh nach», sagt Stefania.

Und kichert. Wenn sie so lacht, ist das ein Zeichen, dass sie etwas Schlimmes angestellt hat.

Da ahnt Arianna, was passiert ist. Im Dunkeln macht sie ein paar Schritte vorwärts, bis sie auf ein Hindernis stößt. Sie setzt einen Fuß darauf und drückt. Es ist ein Körper, der dort auf dem Boden liegt. Das kann nur Mario sein.

«Schläft er?»

«Nein.»

Eine riesengroße Hand greift nach ihrem Magen und dreht ihn um.

Sie erbricht alles, was sie gegessen hat, und den Champagner, es will kein Ende nehmen, sie beschmutzt sich die Beine und Füße mit saurem Erbrochenem.

«Warum bist du so böse gewesen?», fragt sie Stefania, als sie wieder sprechen kann.

«Ich?! Du bist es gewesen!»

«Das ist nicht wahr! Du Lügnerin!»

«Und ob es wahr ist! Er wollte weglaufen, aber er ist über den Kuhkopf gestolpert und gestürzt.»

Genau wie bei Felice.

«Und da hast du ihn wieder reingebracht.»

«Das stimmt nicht! Ich habe Felice nicht wieder reingebracht!»

«Wer ist dieser Felice? Ich rede von Mario. Er hat irgendwann um Hilfe geschrien. Hat das Handy rausgeholt und wollte jemanden anrufen, da hast du das Messer vom Tischchen genommen, du weißt schon, das Messer, mit dem du Ornella umgebracht hast, und hast es ihm in den Bauch gestoßen.»

«Das ist nicht wahr! Felice hat sich den Kopf aufgeschlagen!»

«Schrei nicht so. Und hör auf mit diesem Felice. Nun lässt sich sowieso nichts mehr ändern. Alles war so, wie ich gesagt habe.»

«Halt den Mund!»

«Nein. Ich rede, wann und so lange ich will.»

Und sie singt halblaut einen kleinen Vers:

Arianna ist ein verlogenes Stück,
Das sieht man auf den ersten Blick …

Sie macht einen Schritt zurück, streift das Tischchen, streckt einen Arm aus, ergreift das Messer.

Arianna will niemals die Wahrheit sagen,
Das wird sie einmal bitter beklagen.

Sie macht einen Satz nach vorn, von Stefanias Stimme angetrieben. Ihr Arm schnellt nach vorn. Der Gesang bricht schlagartig ab.

«Das wird dir eine Lehre sein, zu behaupten, ich wär's gewesen!»

Bebend vor Zorn zündet sie die Kerze an. Was für ein Riesenschlamassel hat dieses Miststück Stefania da angerichtet! Warum hat sie das bloß getan? Wahrscheinlich war sie eifersüchtig auf Mario. Sie hat ihn umgebracht, und dann hat sie versucht, ihr die Schuld zu geben.

Wie soll sie jetzt diese beiden Toten loswerden?

Sie setzt sich auf das rosa Stühlchen.

Vielleicht wäre es das Beste, wenn sie beten würde, wie Großmutter sie gelehrt hat.

Aber sie betet schon lange nicht mehr. Angestrengt sucht sie nach den Worten.

Liebster Jesus, großer Gott,
Hilf du mir aus meiner Not!
Hilf dem Sünder in seinen Schmerzen,
Der zu dir betet aus ganzem Herzen!

Was danach kommt, hat sie vergessen. Aber das Gebet muss angekommen sein, denn plötzlich fällt ihr etwas ein. Das ist eine gute Idee. Sie steht auf, nimmt die Kerze, schlüpft aus dem Ein und Alles und geht zu der Truhe, in der jetzt die tote Ratte liegt, vor der sich die blöde Stefania so gefürchtet hat. Sie trägt die Rollen mit Plastikfolie und die Klebebänder ins Ein und Alles. Dort breitet sie die Folie einer ganzen Rolle auf dem Boden aus, dann bückt sie sich und packt Mario unter den Achseln, zieht ihn hoch. Sie hätte ihn für schwerer gehalten. Sie bettet ihn auf die Plastikfolie und rollt ihn hin und her, damit sie ihn umwickeln kann. Die Plastikbahn ist so breit, dass Marios Körper vollständig bedeckt wird.

Zur Sicherheit nimmt sie noch eine Rolle und wiederholt das Ganze. Dann umwickelt sie ihn mit dem Klebeband.

Sie muss lachen. Er sieht wirklich aus wie eine Mumie.

Sie schleift ihn zur Truhe, öffnet den Deckel und lässt ihn hineinfallen. Zurück im Ein und Alles, nimmt sie Stefania und legt sie auf eine aufgerollte Plastikfolie. Bei ihr ist eine mehr als genug. Auch Stefania landet in der Truhe. Sie klappt den Deckel zu.

Geschafft.

Sie verlässt den Dachboden, schließt die Tür ab, geht hinunter in die Wohnung, ins Bad und schaut sich im Spiegel an.

Sie ist mit Blut und Erbrochenem beschmiert.

Duschen kann sie nicht, das würde zu viel Lärm machen. Sie steigt in die Badewanne und wäscht sich dort im Stehen gründlich mit einem Schwamm. Dann schnuppert sie an ihren Armen. Ihre Haut riecht wieder gut.

Sie geht ins Schlafzimmer, zieht das Nachthemd an und legt sich vorsichtig ins Bett.

Giulio schläft.

Sie überlegt, dass Mario ihr in den nächsten Tagen sehr fehlen wird.

Da kann man nichts machen, so ist es nun mal leider gekommen.

Anmerkung

Zwei Anregungen bilden die Grundlage dieses Romans. Die erste ist literarischer Natur, nämlich Faulkners Roman *Die Freistatt*. Die andere ist ein tragischer Kriminalfall, der vor vielen Jahren in Rom geschah und in den ein Ehepaar aus dem Adel und ein junger Student verwickelt waren.

Die vollkommen fiktive Figur der Arianna verdankt sich zum Teil Geschichten von Frauen, die mir erzählt wurden. Bestimmte Abschnitte dieser Biographien habe ich zu einer stark veränderten Komposition verschmolzen. Einige Geschichten wurden mir während zweier Begegnungen im Gefängnis anvertraut. Mein besonderer Dank gilt A. G., die mir das eine oder andere Steinchen ihres ganz persönlichen, komplizierten Mosaiks des Weiblichen zur Verfügung gestellt hat.

Alle anderen Figuren und die Situationen, in die sie geraten, sind meine Erfindung.

A. C.

MIX
Papier aus verantwortungsvollen Quellen
FSC® C083411

Das für dieses Buch verwendete FSC®-zertifizierte Papier *Enviro* liefert Cordier, Deutschland.